KB028800

파리에서 만난 말들

일러두기

* 통상적으로 상용하는 구어체 표기와 맞춤법 일부를 그대로 따랐습니다.
* 외래어 표기는 국립국어원 원칙을 따르되, 일반적으로 통용되어 굳어진 용어나 명칭은 그대로 사용했고, 실제 발음과 동떨어진 경우 발음대로 표기했습니다.
* 문장부호는 다음의 기준에 맞춰 사용했습니다.

《 》 단행본 등

〈 〉 잡지·단편·노래·영화 등

파리에서 만난 말들

목수정 지음

프랑스어가 깨우는
생의 순간과 떨림

생각
정원

프롤로그

서른네 단어가 들려준 한 문명의 사연

프랑스 사회에 발 딛고 사는 20년 동안, 각별한 인연으로 만난 말들을 한자리에 모아보았다. 그들을 모두 백지에 적고 나서 하나하나 차례로 응시하자 그들이 내게 길고 짧은 이야기를 들려주었다.

말은 각각의 공동체가 경험과 성찰을 통해 빚어낸 열매다.

열매의 껍질을 벗겨내면 싱싱한 과육이 풍미와 함께 모습을 드러내고, 그 속엔 더 단단한 씨앗이 웅크리고 있다. 과일이 품은 색깔과 향기, 풍미는 이야기고, 씨앗은 공동체가 여러 세대에 걸쳐 전승해온 지혜와 철학, 경험이 응집된 정보의 결정체다. 다음 세대에게 전해져 발아하기를 기다리는.

중세와 르네상스, 절대군주제, 제국주의, 양차 세계대전, 68혁명을 거쳐 금융자본주의라는 노골적 착취와 갈등의 시대에 이른 프랑스 사회의 언어 속엔 그 역동적 역사의 흔적이 고스란히 담겨 있다. 그것은 끝나지 않은 전쟁터의 혈흔이자, 현실을 덜 고통스럽게 건너게 해주는 지혜의 결실이며, 지배계급이 자신을 정당화하기 위해 사용하는 도구이기도 했다.

Bonjour(봉주르: 안녕하세요), pardon(빠흐동: 실례합니다), doucement(두스망: 부드럽게), apero(아페로: 식전주)가 거친 현실에 베이거나 부딪히지 않고 유연하게 시대를 건너게 해주는 말이라면, austérité(오스테리테: 긴축)는 금융자본주의 시대의 승자들이 약자들을 현혹해 지배를 강화하는 데 쓰는 지배자의 언어다. 원인과 과정, 결과가 서로를 배반하는 시대에 사는 사람들이 du coup(뒤 쿠)를 남발하며 존재하지 않는 현상의 연계성을 허공에 지으려 애쓰는 모습은, 우리가 결핍한 요소들을 반영하는 언어적 현상이다. 그런가 하면 solidarité(솔리다리테: 연대)와 laïcité(라이시테: 정교분리 원칙)는 숱한 대가를 지불하며 터득한, 더불어 살아가기 위한 궁극의 기술이다.

무수한 말이 쌓여 이룬 기억의 성 안에 손을 깊숙이 집어넣자, 기억을 응축한 도드라진 말들이 손 그물에 잡혀 딸려 나왔다. 그 하나하나는 개인의 서사를 펼쳐주는 동시에, 내가 살아왔던 사회의 뼈대를 이루는 언어의 구조적 골격을 그려 보였다. 인간 사회는 타인을 지배하고자 하는 소수 지배계급의 언어와 거기에 맞서거나 순응하면서 생존을 구하는 다수의 언어, 권력의 도구가 되어 대중심리를 조작하는 미디어의 언어와 현실의 미몽을 일깨우고, 인간의 정신이 나아갈 지평을 열어 보이는 작가, 지식인의 언어가 힘을 겨루는 전장이기도 했다.

언어를 둘러싼 전투의 고삐를 지식인들마저 놓아버리는 순간, 세상은 블랙코미디의 터널을 지나 짙은 암흑의 디스토피아로 빠져든다. 이때 미디어의 역할은 당신들이 살고 있는 디스토피아마저도 낙원으로 느끼게 하도록 말로 대중의 심리를 조작하는 것이다. 그러나 고난과 모순 속에서도 인간의 역사는 지치지 않고 진보를 거듭해왔듯, 인간의 언어는 말이라는 씨 속에 인류의 고결한 지혜를 담아 후세에 전하길 멈추지 않았다. 앞선 세대가 우리에게 전해준, 말 속에 담긴 보배들을 소중히 보듬고 살펴야 하는 이유다.

역병으로 막혔던 하늘길이 열리고, 다시 돌아온 한국에서 가장 자주 접할 수 있는 단어는 '선진국', 혹은 그것과 쌍으로 연결되는 'K-OO'이라는 표현이었다. 우리의 열망과 결핍이 어디에 있는지를 두 단어가 잘 보여주고 있었다.

타인은 나를 비추는 거울이다. 타자가 지어내는 풍경 앞에 서면, 내가 떠나온 곳의 풍경이 비춰진다. 34개의 단어를 징검다리 삼아 프랑스 사회의 심층을 여행하는 동안, 우리가 가진 풍요와 결핍이 겹쳐 보였던 이유일 것이다. 세상을 여행하는 일은 결국 우리의 내면과 만나는 일이었던 것이다.

다시 돌아온 뜨거운 서울에서

2023년 8월 21일

목수정

차례

3부

풍요로운 공동체를 견인하는 말

ⓒ 황채영

1부

달콤한 인생을 주문하는 말

Doucement
(두스망: 부드럽게)

아가의 머리를 매만지는 손길 같은

프랑스 사람들은 뛰지 않는다.

조깅을 할 때를 제외하곤. 그 어떤 상황에서도 평정을 유지하는 것이 필생의 과업인 양, 그들은 웬만해선 우아한 발걸음을 재촉하는 법이 없다. 그들의 변치 않는 보폭은 세상의 중심은 우리에게 질서를 부여하는 당신들이 아니라, 바로 나 자신이라고 웅변하는 듯하다. 반면, 한국에서 서른 해를 살아내고 파리에 온 나는 모든 순간, 달렸다. 시간을 최대한 '쪼개 써야 한다'고 배워온 조국에서의 가르침을 가슴에 품고 '전속력'으로 그 시간을 살아내려 했다. 나라가 외환위기라는 전대미문의 재앙에 빠져 있는 동안 홀로 먼 나라에 유배 중이던 청년의 시간 속에 여유로움이 다리를 뻗을 자리는 없었다. 인간의 행동 양식에 미치는 출생 국가의 지정학적 영향력에 관한 함수에 나의 발걸음은 지배되고 있었다.

몽파르나스역의 기다란 환승로를 '달려서' 돌파하는 사람은 언제나 나 혼자였다. 적어도 그 사실을 인식하고 있기는 했다. 최단 시일 내에 프랑스어를 내 세포 속에 충만하게 채워 넣은 후, 얻고자 하는 지식에 다다르고 싶은 다급함은 내 몸을 언제나 최대치로 다그치고 있었다. 뛰지 않으면 선로에 서 있는 마지막 열차를 놓칠 것처럼. '이러다 어느 날 기자가, 날마다 질주하며 파리를 가로지르는 한 아시아 여자의 정체를 밝히려고 취재하러 오면 어떡하지?' 같은 쓸데없는 걱정이 달리던 와중에 머리를 스치기도 했다.

하지만 상관없었다. 꾸물거리다 뒤늦게 문호를 개방하면서 세계사의 흐름에 뒤처졌다는, 뒤처짐에 대한 1세기 묵은 죄의식은 20세기에 한반도에 태어난 사람들의 DNA에 '빨리빨리'에 대한 강박을 새겨 넣었고, 난 아무 의심도 없이 그에 따라 작동하고 있었다.

소르본 어학원에서의 한 학기가 끝나고, 하루 세 군데의 학습기관을 뛰어다니며 불철주야로 프랑스어 공부에 매진하던 6개월이 지나자, 프랑스어 어휘들과 함께 프랑스인의 일상이 나의 세포에 서서히 스미기 시작했다.

어느 날 몽소 공원에 앉아 아기들과 보모들이 빚어내는 맑은 재잘거림을 음악 삼아 휴식을 취하고 있을 때, 미끄럼틀에 서둘러 오르려는 아이를 도와주던 보모의 입에서 'doucement(두스망)'이란 단어가 나왔다. 내가 아는 저 단어의 뜻은 '부드럽게'였다. '천천히' '조심조심'이라고 말해야 할 대목에서 '부드럽게'를 주문하다니? 호기심이 발동해 그들의 행동을 계속 관찰했다. '두우우스망~'이라 천천히 발음하는 이 단어의 뜻을 몰랐다 해도, 발음 방식이 의미를 충분히 전달하고 있었다. 마치 커다란 비눗방울을 터지지 않도록 살살 건드리는 동작처럼, 눈도 뜨지 못한 아가의 보드라운 머리를 매만지는 손길처럼, 둥글고 연약한 무엇을 애정으로 어루만지는 듯한 동작을 연상시키는 말이었다. 속도를 늦출 것을 주문하는 '천천히'가 담지 못하는 공감각적 뉘앙스가 이 단어에 담겨 있었다.

그러곤 만병통치약처럼 예기치 못한 순간에 두스망이 시도 때도 없이 이들의 일상에 등장하는 것을 목격하게 된다.

맥주를 컵에 성급하게 따르다 거품이 컵에 가득 차오를 때, 친구는 미소를 띤 얼굴로 "두우스망~"이라고 말하며 흘러내리는 거품을 입으로 흡입했다.

길에서 친구를 만나 반가운 마음에 친구를 향해 냅다 질주하는 꼬마를 향해, 만면에 미소를 지은 엄마는 뒤에서 "두스망"을 외치고 있었다.

그런가 하면 한 영화에서 너무 거칠게, 가슴을 파고들며 허기진 듯 다가오는 연인에게 여자는 이렇게 말했다. "Doucement chéri(두스망, 내 사랑)."

출산의 고통으로 괴성을 지르고 있던 내게 깊은 호흡을 주문하며 산파가 반복하며 했던 말이기도 하다. "두우스마앙, 두우스마앙 마담."

그렇게 낳은 딸을 재우기 위해 틀어주던 자장가에서도 이 말이 흘러나왔다.

두스망, 두스망, 두스망, 상 바 르 주르Doucement, doucement, doucement s'en va le jour.

부드럽게 부드럽게 부드럽게 해가 지네.

해가 서서히 지평선으로 내려앉고 있으니, 우리 아기도 사뿐사뿐 꿈나라로 향해 가보자고 자장가는 속삭였다.

Doucement은 '달콤한' '부드러운'이란 의미의 형용사 douce에 부사형 어미 ment을 붙여 만든 부사다. 우리가 고기를 잴 때 육질을 부드럽게 하기 위해 달콤한 배와 시럽, 설탕, 꿀 등을 넣는 것처럼, 부드러움과 달콤함이 하나의 단어 속에 들어가 복합적 의미를 구현하고 있는 모습도 재미있다. 거기에 ment을 더해 동작에 스미는 태도를 주문하는 부사가 되면, 이 어휘의 스펙트럼은 더욱 확장되어 '천천히' '조심스럽게' '살살' '서두르지 말고' '침착하게'라고 말하는 모든 경우에 등장할 수 있게 된다.

입술을 동그랗게 만들어 발음하는 이 단어는, 곡선의 몸을 유연하게 움직여 적재적소에서 제 몫을 해내는 '바바파파Barbapapa'* 처럼, 근육의 이완과 함께 낙천적 세계관을 주문한다. 이 말을 하는 거의 모든 사람은 마치 단어와 하나의 세트인 양 '미소'를 머금고 있었고, 그래서인지 이 솜사탕 같은 단어는 마술 지팡이처럼 순간적으로 분위기를 말랑하게 만들며, 듣는 사람의 근육을 이완시키는 힘을 갖고 있다.

마치 식수에 들어 있는 성분처럼, 산소와 함께 공기 중에 들어 있는 입자처럼, 날 때부터 두스망의 세례를 듬뿍 받고 일상적으로 들이켜며 성장한 이곳 사람들은 5분 늦을지언정 뛰는 법이 없다. 집단의 규율에 복종하는 것보다 중요한 건 나 자신의 평정이라 믿는, 자아에 무게중심을 두는 세계관도 뛰지 않는 이들의 문화를 형성하는 중요한 요인일 것이다. 이는 거대 이데올로기

* 1970년에 프랑스에서 출간되어 세계적 밀리언셀러가 된 아동문학 시리즈이자 거기에 등장하는 캐릭터 이름이다. 한국에서도 〈바바파파〉라는 이름의 방송용 만화로 1987년 KBS에서 방영된 바 있다. 바바 가족들은 어떤 형태로든 몸을 변화시킬 수가 있어, 배나 놀이기구, 알파벳, 구름 등으로 변할 수 있으며, 따뜻하고 편안한 보금자리가 되기도 한다.

담론이 보듬지 못했던 개인의 자유와 욕망을 사회적 목소리로 전환하고 당당히 존재하게 해준 68혁명이 남긴 유산의 일부이기도 했다.

고요한 아침의 나라에서 조용히 지내던 선조들 덕에, 세계사의 흐름에 뒤처지고 말았다는 회한의 한숨을 날 때부터 들으며 살아온 사람의 귓전에 '두스망'이란 낯선 말이 천 번쯤 스치고 지나갔을 때, 내 피부 속에도 그것이 스미기 시작했다. 난 '종종' 뛰기를 멈추고 걷기 시작했다. 그러나 그것만으론 충분하지 않았다.

프랑스인의 유전자와, 뛰다 넘어질지언정 지각하지 않기 위해 최선을 다해야 한다는 한국 엄마의 유전자를 동시에 받은 아이가 어느 날 아침 등굣길에 뛰다가 길에서 넘어졌다. 턱이 보도블록에 부딪혔지만, 마침 두르고 있던 두꺼운 목도리 덕에 큰 부상은 입지 않았다. 뒤따르던 두 행인이 아이를 부축해주었고, 털고 일어나 학교에 가려던 아이를 앉히고 혹시 모른다며 구급차를 부르고 내게도 전화를 걸어주었다. 달려간 현장엔 이미 구급대원이 와서 아이를 차 안에서 돌보고 있었다. 이것저것 테스트해본 결과 굳이 병원에 갈 필요 없다는 결론을 내린 그들은 당시 열두 살이던 아이에게 이렇게 말했다. "절대 달리지 마. 늦으면 그냥 늦는 거야. 늦었다고 달리다가 사고가 나는 법이거든. 더 중요한 건 너의 안전이야."

여전히 걸핏하면 '전력 질주'하는 관성을 버리지 못한 내가, 아이에게 부지불식간에 건넸을 '빨리빨리' 교육에 종지부를 찍게 하기 위해 연출된 장면 같았다. 3분 빨리 가려다 크게 다칠 뻔한 아이를 앞에 두고, 쿵쾅거리는 가슴을 진정시키며 들었던 소방관의 말은 잊을 수 없는 교훈을 내게 단단히 심었다.

종종 '뛰자!'라는 주문에 복종하며 다리 근육에 힘이 들어갈 때마다, '두스망'이라는 또 다른 주문이 나를 멈춰 세운다. 가다 서기를 반복하며 두 문명 사이를 오가는 동안, 깊은 호흡으로 숨을 고르는 방법을 알게 되었다. 서양과 동양을 넘어 지혜를 얻고자 했던 모든 인간이 다다르려고 했던 곳을 향해 나는 천천히 걷고 있다.

On peut, je crois, se passer de bonheur personnel,

si on a des amis, des aimés heureux; car leur bonheur

est une lumière qui nous baigne *doucement*.

행복하게 지내는 친구들과 사랑하는 사람들이 있다면

개인적인 행복 없이도 살 수 있다. 그들의 행복이 우리를

부드럽게 비춰주는 빛이 되기 때문이다.

-로망 롤랑 Romain Rolland(작가)

Vivre, Survivre

(비브르: 살다), (쉬르비브르: 생존하다)

생을 누릴 권리를 위해

Je veux vivre cet amour.

난 이 사랑을 살아보고 싶어.

아내가 13년 연하의 남자와 연애를 시작하며 이별을 통보했을 때 했던 이 말을 친구는 쓸쓸하게 들려주었다. 그의 아내가 연인으로 맞이한 남자는 그녀의 미용사였다. 그도 아내를 두고 바람을 피운 적이 있기에, 아내의 충동적 일탈이 잦아들길 바라며 함께 여행을 떠나자고 제안했다. 그러나 그녀는 끝내 미용사와의 사랑을 살아내겠다며 그에게 아파트를 떠나줄 것을 요구했다. 트렁크 하나 달랑 든 채, 20년을 함께하던 여자 곁을 떠나 거리로 내쫓겼던 한 친구의 사연이다. 난 그의 전 부인을 종종 바스티유 광장에서 마주쳤다. 체크무늬 치마를 입고 허리를 곧게 세운 자세로 자전거를 타고 광장을 가로지르는 그 모습은 멀리서 봐도 인상적이었다.

그녀가 남편에게 결별을 통보하며 사용한 동사는 vivre(비브르: 살다)다.

비브르에는 희열과 풍파, 전율과 고통, 평화와 불안, 쾌락과 권태가 동전의 양면처럼 함께 들어 있다. 특히나 amour(사랑)를 목적어로 두고 있다면 그 밀도는 배가 된다. 오십에 들어선 여자가 사랑이 예비해놓은 고단한 과정을 기꺼이 감당해내겠노라 결정했다면, 더는 그를 말릴 순 없었을 터다. 비브르는 적극적으로 손을 뻗어 움켜쥐는 삶이며, 고통이든 행복이든 기꺼이 감당하고 내 손으로 빚고 조각하며, 파편이 튀어도 물러서지 않는 삶이다.

그러나 삶은 그렇게 단순하지 않다. 내 의지대로 살아가고자 하나 우린 좀처럼 생존하는 데서 벗어나지 못하기도 하며, 너무 오래 생존에 길들고 나면 살아간다는 것의 의미 자체를 잊기도 한다.

장뤼크 고다르Jean-Luc Godard의 영화 〈비브르 사 비(Vivre sa vie, 그녀의 삶을 살다)〉(1962)에서 주인공 나나는 배우가 되고자 하는 욕망을 가졌다. 그러나 그녀를 둘러싼 세상은 그녀의 의지를 끊임없이 배반하며, 그녀를 자신의 꿈으로부터 밀어낸다. 나나는 함께 살던 남자와 헤어진 후 생활고에 시달리다가, 선선히 성노동의 길로 들어선다. 생존을 향해 한 걸음 내디딜 때마다 깊어지는 몰락의 늪이 그녀를 끌어당긴다. 부단히 비브르하고자 하나, 결국 survivre(쉬르비브르: 생존하다)하려 분투하다 생을 마감하는 이야기에 붙여진 제목 '그녀의 삶을 살다'는 잔인할 정도로 역설적이다.

'생존하다' '살아남다'라는 의미의 동사 쉬르비브르는 이중적이다. 붕괴한 건물 속에서 살아남았을 때, 아우슈비츠에서 극적으로 생환했을 때, 외환위기의 파고 속에 쓸려가지 않고 일터를 지켰을 때, 그때의 생존은 위대한 승리자의 것이다. 그러나 삶이 줄곧 생존으로만 점철될 때 그것은 숨 가쁜 패자의 삶이다.

2018년 11월 시작된 노란 조끼들의 봉기에서, 그들은 자신들의 행동 동기를 이렇게 설명했다. "우린 더 이상 생존하는 삶을 원치 않는다. 우리는 우리의 삶을 살아가고 싶다." 1962년에 나나는 삶에서도, 마침내는 생존에서도 밀려나 거리에서 죽어갔지만, 2018년 프랑스 노동자들은 생존으로 전락하고 있는 그들 삶의 현주소에 대한 책임을 국가에 물었다. 부부가 열심히 일하지만 아이에게 크리스마스 선물을 사줄 수 없다면, 월말이면 텅 빈 냉장고를 걱정해야 한다면, 주거 공간을 안전히 유지하기 위한 월세를 내는 일이 감당하기 힘들다면, 사람들의 영혼은 이미 삶으로부터 멀어져 생존에 저당 잡힌 상태다.

생존 이상을 생각할 수 없게 된 사람에게 관념적 논쟁은 잉여적 사치로 여겨지게 마련이다. 생존이 다급한 사람에게는 두 걸음 전진하기 위한 한 걸음 후퇴마저 사치이자 여유로 여겨질 수 있다. 가난한 자들이 우파 정부에 표를 던지는 논리는 그렇게 만들어진다. 그런데 노란 조끼를 입고 일어선 노동자들은, 생존하는 삶으로 이들을 전락시키려는 정부에 맞서 저항했다. 무력하게 떠밀려가 꾸역꾸역 생존을 방어하는 삶을 받아들이지 않고, 생을 누릴 권리를 지켜가기로 했다. 존엄한 삶은 그 가치를 인지하고 지켜내고자 부단히 노력하는 사람들에게만 주어진다.

노란 조끼 선언은 비브르와 쉬르비브르 사이에 또렷한 경계선이 존재한다는 사실, 그 경계선이 무너지는 순간을 인식하고 저항해야 함을 일깨웠다. 1936년 인민전선 정부 수립과 함께 시작된 노동자 총파업이 2주간 유급휴가라는 인류사적 선물을 쟁취한 후, 생존을 구하는 삶에서 생을 누리는 삶으로의 역사적 전환이 시작되었던 것처럼.

노란 조끼들의 결연한 절규를 접한 후, 계속 묻게 된다. 지금 나는 생존을 도모하고 있는가, 내 의지대로 삶을 이끌어가고 있는가.

대한민국이 선진국이라는 사실을 더 이상 아무도 의심하지 않는 한국 사회에서, 정부는 주 69시간 노동과 2024년에도 여전히 1만 원에 미치지 못하는 시간당 최저임금을 생존의 틀로 제시한다. 생존이 삶으로 전환되어야 한다는 인식은 좀처럼 대기 중에 유포되지 않는다. 이미 오래전, 삶과 생존이 구별되지 않는 세상에 진입해버려, 그 두 가지를 식별할 감각을 상실한 것처럼. '먹고살자고 하는 짓'이 성공을 거두자, 우린 단지 '더 잘' 먹고사는 일에 매진하고 있는 것은 아닌가?

Survivre c'est mourir. Il faut patiemment et sans relâche construire, organiser, ordonner.

생존한다는 것은 죽는 것이다. 끊임없이 건설하고 조직하며 새로운 질서를 만들어야 한다.

-미셸 투르니에 Michel Tournier (작가), **《방드르디, 태평양의 끝》**

Ceux qui _vivent_ sont ceux qui luttent.

살아가는 사람은 투쟁하는 사람이다.

-빅토르 위고 Victor Hugo(작가)

Scrupule

(스크뤼퓔: 세심함)

잎새에 이는 바람에도 괴로워하는 마음

Scrupule(스크뤼퓔)은 어떤 행동을 취함에 있어서 미적거리게 하는 마음속 걸리적거림이다. 우리말로는 불안감, 가책, 세심함 혹은 소심함이라고도 해석된다. 하나의 단어가 어찌 이토록 다른 결의 의미들을 담고 있는 것일까?

스크뤼퓔은 라틴어 scrupulus에서 온 단어로 자잘한 모난 돌을 뜻한다. 신발 속으로 굴러들어 와 자유롭게 걷는 것을 방해하는 작고 모난 돌은 얼핏 부정적 의미로만 느껴지지만, 작은 걸림돌에도 마음을 기울이고 살피는 세심함에 초점을 맞추면 긍정적인 말이 될 수 있다.

형용사 scrupuleux(스크뤼퓔뢰)는 신발 속에 들어온 까칠한 작은 돌멩이가 발을 자극할 때 그것에 방해받고 신경 쓰느라 머뭇거리는 사람을 표현하는 말이다. 그는 잔 돌멩이들을 무시하고 직진할 수 있는 선 굵은 스타일이 못 되는 사람이다. 조직에서 상부의 명령대로 임무를 행해야 할 때, 그것이 사람들에게 불편을 초래할 것을 예측해 감히 행하지 못하고 주저하는 사람, 즉 한나 아렌트Hannah Arendt가 '악의 평범성' 개념의 예시로 든 아이히만Adolf Eichmann과는 대척점에 있는 사람이다. 이런 사람을 현대사회는 어떻게 평가할까? 조직의 성장을 방해하는 진취적이지 못한 사람으로 간주하기 쉬울 듯한데, 놀랍게도 프랑스어에서 이 '스크뤼퓔'이란 단어는 대체로 긍정적 의미를 띤다.

"그녀는 스크뤼퓔뢰즈하다Elle est scrupuleuse"라고 말하면, 그 사람은 제 양심의 소리를 들을 줄 알며, 그 소리가 들리면 멈출 줄 아는 세심한 도덕률을 가진 사람이라는 의미를 지닌다. 그런 태도가 시간의 지체를 초래할지라도 결과와 상관없이 그 사람 마음속에서 일던 갈등이 드러내는 성정, 즉 상대를 헤아릴 줄 아는 세심함, 윤리적 엄격함을 가진 사람이라는 점에 초점이 맞춰지는 것이다.

예를 들어, 스크뤼퓔뢰한 사람은 길에서 음악을 들려주는 악사의 연주에 마음을 빼앗겼으나 그에게 동전 한 닢 주지 않고 지나친 것이 하루 종일 마음 쓰이는 사람이다. 가뭄에 말라가는 집

정원의 나무에 물을 주고 나니, 길가에 주인 없는 나무들이 힘들어하는 모습까지 눈에 밟히는 마음이기도 하다.

반대로, '없이'라는 뜻의 전치사 sans이 앞에 붙은 'sans scrulpule(거침없이, 아무 망설임 없이)'이라는 단어는 부정적인 느낌을 전달한다. 가차 없이 친구의 부탁을 거절하는 사람, 망설임 없이 병든 강아지를 유기하는 주인처럼 신발 속, 작은 양심의 돌멩이들의 걸리적거림을 지르밟고 신속히 실용적 선택을 하는 사람의 태도를 그 예로 들 수 있다.

양심의 거리낌으로 머뭇거리는 사람을 긍정적으로 바라본다는 것은 결과보다 과정에 초점을 맞추는 태도를 드러낸다. 머뭇거림, 양심의 불편함이 당장 어딘가에 가닿아 또렷한 결과를 드러내지 않더라도, 사람의 마음속에서 걸리적거리는 작은 돌멩이의 존재는 그의 인간다움을 투영하는 하나의 존중받을 만한 가치가 되는 것이다.

잠시 거리를 두고 바라보는 행위가 사안을 객관적으로 판단할 계기를 전하는 것처럼, 양심의 돌멩이가 움직일 때 머뭇거리는 심성은 사람들 사이에서 숨 쉴 공간을 제공한다. 인공지능을 통해 세상을 작동시키고자 하는 시대가 눈앞에 와 있다. 인간의 능력은 인공지능의 신속, 정확함에 이를 수 없을 터이나, 두근거리는 심장과 번뇌하고 망설이는 인간의 소프트웨어를 인공지능은 흉내 낼 수 없을 것이다. 앞으로의 세상에서, 신도 기계도 아닌 인간만이 지니는 미덕은 위에서 시키는 대로 신속, 정확하게 작동하는 인간에게서가 아니라, 스크뤼퓔을 지닌 사람, 양심의 미세한 숨소리에 반응하는 사람에게서 발현될 것이다. 바로 거기서 사람들은 휴식을 얻을 것이고, 감사할 것이며, 미소 지을 것이다. 그러므로 스크뤼퓔을 간직하는 것, 그런 사람을 좋게 평가하는 것은 파업하고 집회하며 자본의 독재에 맞서는 행위 못지않은 인간다운 삶을 유지하기 위한 저항의 행위다.

누군가의 스크뤼퓔뢰함을 칭찬하는 소리를 들을 때마다 나는 신발 속에 살며시 숨어 들어가 불편하게 하는 작은 돌멩이들을 떠올렸고, 손에 만져지지 않는 이 수줍은 가치에 여전히 의미를 부여하는 사람들을 생각하며 조용히 안도했다. 한 줌의 스크뤼퓔도 없는 존재가 무자비함으로 비난받을 때마다 든든한 원군을 만난 듯 의기양양해지기도 했다. 그리고 그런 순간들이 나의 스크뤼퓔을 간직할 수 있게 해주었다. 생산성이나 효율성 따위와 무관해 보이는 가치에 대한 은근한 존중이 인간을 한 겹 더 두터운 내면을 지닌 존재로 만들어준다. 스크뤼퓔은 프랑스어 속에 그런 세계가 여전히 존재함을 알려주는 비밀의 열쇠 같은 역할을 했다.

스크뤼퓔은 윤동주가 〈서시〉에서 읊은 "잎새에 이는 바람에도" 괴로워하는 마음과 비슷한 결의 마음이다. 프랑스 작가 마르그리트 유르스나르Marguerite Yourcenar는 이렇게 표현했다.

> C'est au moment où l'on rejette tous les principes qu'il convient de se munir de scrupules.
> 모든 원칙을 버릴 때 우리가 지녀야 하는 것이 스크뤼퓔이다.

모든 성문화된 원칙이 사라진다 해도 각자 양심 속 사각거림에 반응할 줄 아는 마음을 지니고 있다면 세상은 제대로 굴러갈 수 있다고 작가는 말한다.

Il faut oser

(일 포 오제: 감히 시도해야 해)

거리의 부랑아를 구도자로 바꾼 힘

파리8대학을 다니던 시절, 파스칼이란 이름의 친구가 있었다. 니스에서 태어나 청소년기에 호텔업을 하는 부모님을 따라 마다가스카르에 갔다가 20대 초반에 홀로 프랑스로 귀환한 그는, 파리에서 연극배우, 연출가로 살다가 뒤늦게 대학에 들어왔다.

대학엔 그처럼 늦깎이 학생들이 적지 않았다. 고교를 졸업하고 사회에서 직업 경력을 쌓은 이들이 뒤늦게 대학에 오고 싶을 때, 학교는 그들의 경력을 학업에 준한 시간으로 인정해 3학년 혹은 석사과정 편입 등의 문을 열어두고 있기 때문이다. 나 역시 그런 늦깎이 학생이었다. 문화정책에 뜻을 두고 공연예술학부에 편입한 나는 프랑스 고전주의 희곡 수업에서 그를 파트너로 만나 함께 연습하면서 친해졌다. 12음절 운문을 낭독하는 방식(alexandrin, 알렉상드랭)으로 고전 희곡을 연기하는 과제에서 17세기의 실존 인물을 배경으로 하는 희곡 《시라노》를 골라 나는 록산을, 그는 시라노를 연기했다. 그것은 마치 프랑스인이 한국에 와서 〈춘향가〉의 한 대목을 판소리 창법으로 시연하는 것에 비견할 만한 일이었다.

프랑스에 오기 직전까지 공연기획자로 살고 있던 나에게 무대는 익숙한 공간이었지만, 어디까지나 무대 뒤의 사람으로 기획과 홍보, 마케팅 등에 간여했을 뿐이다. 그런 내가 알렉상드랭이라는 고전적 어법으로 프랑스 희곡을 연기하는 것은 고강도의 미션이었다. '난 문화정책을 공부하러 왔는데 왜 이런 것까지 해야 하지?' 의문이 들기도 했고, 혀에 착 감기지 않는 어색한 대사를 암기해서 연기해야 하는 난해함 앞에서 좌절하던 내게 용기를 북돋던 그는 이런 말을 건넸다.

Il faut oser.

감히 시도해야 해.

C'est tout ce que tu dois faire dans la vie.

인생에서 네가 할 일은 그것뿐이야.

Oser(오제)는 '감히 ~을 하다'라는 뜻의 동사이고 il faut(일 포)

는 '~을 해야 한다'는 의미의 비인칭 구절이다. Il faut oser는 '대담하게 시도해' '용기를 내' 정도의 의미를 담은, 어쩌면 평범한 말이다. 그러나 그 말이, 배운 지 얼마 안 된 외국어에 실려 전해질 때, 처음 말을 배우는 아이의 귓가에 단어가 와닿을 때처럼 어휘가 갖는 태초의 힘과 맞닿게 된다. 그때 그런 일이 일어났다. '오제하라고? 오직 그뿐이라고?' 난 그에게 반문했다. "넌 네 인생에서 뭘 감히 시도했는데?" 그는 대답 대신 가방에서 20대 초반에 만든 운전면허증을 꺼내 내밀었다. 사진 속의 그는 마치 감옥에 처박히기 직전에 경찰에게 목덜미를 잡힌 거리의 부랑아 같았다. 머린 헝클어지고 눈은 풀려 있었다. 세상 어디에도 발붙이지 못하고 방황하는, 고삐 풀린 영혼 그 자체였다. 반면 당시 내 눈앞에 있던 파스칼은 짧게 머리를 깎고 짙은 커피 향처럼 그윽한 매력을 가진, 세련되고 절제된 남자였다. 불과 10년 만에 한 사람이 이렇게 큰 폭으로 변했다면 그는 필시 숱한 도전과 시도에 자신을 맡겼을 테고, 거기서 깨지고 단련되어 오늘에 이른 것이리라. 그의 사진은 이 모든 걸 웅변해주었다.

부모를 떠나 홀로 파리에 떨어졌던 그는 바람에 뒹구는 낙엽처럼 온몸으로 세상에 부딪히며 살았다고 했다. 그러다 연극을 했고 연출가가 되었고 불교를 만났으며, 아침마다 한 시간의 명상으로 하루를 열며 단단하고도 차분한 인생행로를 이어가고 있었다. 그는 10여 년간의 연극 생활에서 배우고 느낀 것들을 논문으로 정리하고, 새로운 도약의 계기로 삼고 싶어 대학에 들어왔다. 그해 말 그는 캐나다에 교환학생으로 떠났고, 2년 뒤 돌아와 뉴테크놀로지를 도입한 연출 기법으로 새 작업을 시작했다.

이후 오제라는 말은 바로 파스칼을 연상시키고, 거리의 부랑아 모습에서 연극하는 구도자로 진화해간 인간을 이끈 키워드였다는 사실을 매번 환기시켰다. 할지 말지 망설일 때마다, 지금이 바로 오제해야 하는 타이밍이라고 파스칼은 내게 속삭였다.

오제가 반드시 금지된 것에 도전한다는 뜻은 아니다. 관습과 권위, 습관에 길들기를 거부한다는 말에 가깝다. 사회가 만든 혹은 스스로 설계한 틀 속에 자신을 가두기보다, 각자의 길을 가며 자기로 존재하기를 멈추지 않는다는 말이다. 오제는 파스칼뿐 아니라 프랑스 사람들의 행동과 사고에 깊이 배어 있는 것임을 일상적으로 확인한다. 이 동네 사람들은 시선으로도, 무심코 던지는 말로도 공동체의 익숙한 패턴을 벗어나는 사람을 비난하기보다 있는 그대로 관용한다.

2022년 10월, 아니 에르노Annie Ernaux의 노벨문학상 수상 소식이 들려왔다. 프랑스로서는 16번째 노벨문학상이기도 했다. 자신의 지극히 사적 체험을 일기 써 내려가듯 투명하게 기록해낸 그녀의 문체는, 놀라울 만큼 건조하다. 그 어떤 색채도, 감정의

굴곡을 드러내는 미사여구도 배제하는 그녀의 문학은 가장 평면적인 문체를 통해 평범한 현실의 실체를 전달하는 데 도달하고자 한다. "나는 내 종족의 복수를 위해 글을 쓸 것이다"라고 스물두 살에 일기장에 적었듯, 그녀는 노동자계급에 속했던 부모, 그들로 대변되는 서민계급의 목소리를 이처럼 기교를 배제한 문체를 통해 전달할 수 있다고 보았던 것 같다. 그녀는 기존의 소설 문법을 '감히' 배반하고 독자적인 길을 개척했다. 기승전결의 고개를 넘어 카타르시스로 독자를 이끌어가는 대신 현실이라는 잔인하고 평범한 무기로 자신만의 문학을 해온 그녀의 작업에 프랑스 문단과 독자들은 꾸준한 응원을 보내왔다. 그녀의 수상 소식을 들었을 때, 이 상은 공식에서 벗어난 문학 세계를 일궈온 작가의 뚝심과 그 독특한 색채의 작업을 존중하고 사랑해준 프랑스 독자들이 함께 받은 상이라는 생각이 들었다. 노벨상위원회는 "개인적 기억의 뿌리, 소외, 집단적 구속을 밝혀내는 용기와 예리함"을 수상 이유로 밝혔다.

발간 1년 만에 400만 부가 팔린 스테판 에셀Stéphane Hessel의 《분노하라》는 전무후무한 베스트셀러다. 원서는 손바닥만 한 크기에 단 32페이지에 지나지 않은, 책이라고 부르기에도 민망한 부피를 지니고 있다. 아흔두 살의 늙은 레지스탕스 스테판 에셀이 당시 사르코지Nicolas Sarkozy 정권을 비판하며 오늘의 청년들에게 감히 분노할 것을 주문한 연설을 출판사가 감히 책으로 펴낼 용기를 냈고, 기적처럼 이 메시지가 전 세계 44개 언어로 번역 출간되어 세계인의 가슴에 가닿으며 청년들의 정당한 '분노의 힘'이 지배계급의 만용을 거스르는 거센 물결로 세상 곳곳에 번지게 했다.

용기 있는 사람들은 자신의 몸을 던져 금기의 영역을 둘러싼 벽을 부숴 세계의 폭을 넓히려 한다. 그러나 그것이 항상 성공담으로 끝나는 것은 아니다. 한국의 마광수 교수가 그러한 사례일 것이다. 그는 야한 소설을 쓰는 방식으로 위선적 성 의식을 지닌 한국 사회에 도전하려 했다. 그러나 단단한 위선의 벽은 그를 덮치며 감히 도전한 죄의 대가를 호되게 치르게 했다. 그는 감히 교수의 신분으로 야한 소설을 썼다는 이유로, 강의 도중 체포되어 유죄 선고를 받고, 세상에서 고립되어 고독 속에서 숨을 거두었다. 그럼에도 그가 자신의 행위를 후회하진 않으리라 믿는다.

> La responsabilité de chacun implique deux actes : vouloir savoir et oser dire.
>
> 모든 사람에겐 두 가지 행동의 의무가 있다. 알고자 할 것. 알게 된 것을 감히 말할 것.

프랑스 사회에서 오랫동안 폭넓은 계층으로부터 사랑과 존경을 받아온 피에르 신부Abbé Pierre가 말한 인간 개개인이 지녀야 할 두 가지 책무다.

Apéro

(아페로: 식전주)

일상의 천국을 여는 세 음절

프랑스엔 이런 말이 있다. "친구보다 더 좋은 건 없다. 친구와 함께하는 apéro(아페로)를 제외하곤." 아페로가 대체 뭐길래?

아페로는 흔히 '식전주食前酒'로 해석되는 apéritif(아페리티프)의 준말이다. 레스토랑에서 코스 요리를 먹을 때면, 종업원이 가장 먼저 물어보는 것이 "아페리티프를 드실 건가요?"이기도 하다. 그러나 아페로로 축약된 이 단어는 잘 차려진 코스 요리의 첫 단계를 의미하진 않는다. 식사로 이어지건 그렇지 않건, 저녁 식사 시간 이전 5~6시쯤 간단히 들이켜는 달달한 술 한 잔(혹은 두 잔)이 아페로다. 샴페인일 수도 있고 포트와인이나 마티니일 수도, 화이트와인에 붉은 과일 시럽을 더한 칵테일일 수도 있다. 아페로를 규정하는 요소는 어떤 술이냐가 아니라 흥겨움, 즉흥

성, 가벼움 그리고 달달함이다.

누군가 "우리 아페로 한잔할까?"라고 말하는 순간, 좌중의 입가에는 공모자의 미소와 함께 느긋하고 행복한 공기가 자동 분사된다. 아페로는 달달한 식전주와 함께 너그럽게 여유를 부리고, 농담을 주고받는 한껏 이완된 분위기를 뜻한다. 아페로를 들면서 심각한 얘기를 할 수도 있겠으나, 그 또한 깔깔대는 농담처럼 다뤄져야 한다는 것이 아페로라는 게임의 법칙이다.

아페로는 일이 인간을 지배하는 것이 아니라, 인간이 자신들의 필요에 따라 일을 하고 있음을 자각하는 시간이기도 하다. 중요한 프로젝트 마무리를 위해 긴장 상태에서 일하고 있는 직장 동료일지라도, 그들은 아페로 한잔을 즐기고 다시 새로운 일을 시작할 여유를 찾는다. 긴장, 긴장 그리고 또 긴장이라는 리듬은 용납되지 않는다. 더 나아가기 위해선 반드시 이완의 순간이 필요하다는 원칙이 프랑스적 일상에 실전으로 정착한 문화가 바로 아페로다. 아페로를 즐기는 순간, 우린 살아가려 애쓰는 처절한 생존 기계가 아니라, 삶을 즐기는 유쾌한 존재들이란 사실을 서로에게 일깨워준다.

옆집에 사는 작가 뤼크 랑Luc Lang이 우리에게 빌려간 가지 치는 연장을 돌려주러 왔다. 마침 집엔 따지 않은 샴페인이 있고,

얼마 전 그의 소설이 메디시스상Prix Medicis을 수상했다. 바로 이때가 즉석 아페로 타임이 마련되는 시간이다. "연장 돌려줘서 고마워. 들어와. 우리 축하주 한잔해야지!" 그와 나, 남편 세 사람은 잔을 부딪힌다. 아몬드와 체리토마토를 안주 삼아 그는 시상식에서의 에피소드들을 털어놓고, 우린 그가 상을 탄 소설 《유혹La Tentation》에 대해, 여름에 다녀온 각자의 휴가지에서 발견한 보물들에 대해 이야기한다. 나는 한국에서 만난 풍경을 이야기하고 그는 애리조나에서 본 장관을 이야기한다.

우리 가족이 여름을 보내는 부르고뉴 시골집의 이웃인 장 미셸은 우리가 그곳에 가면 늘 자신이 농사지은 채소와 과일을 양동이 가득 담아 나눠 준다. 호박, 오이, 수박, 감자, 당근…. 그는 아침 7시부터 작업복을 입고서 온종일 밭에서 일하는 신실한 농부다. 그가 밭에서 막 수확한 채소를 받아먹기만 하던 우리가 당근 케이크를 굽고 전을 좀 부쳐 장의 집 문을 똑똑 두드리면, 장은 자기가 담근 과일주를 꺼내놓으며 우리에게 아페로 한잔을 청한다. 그러곤 그가 담근 복숭아주, 매실주에 대한 상찬과 함께 서로의 농담이 배틀을 벌이는 아페로 시간이 잠시 펼쳐진다. 마치 이 달콤한 시간을 즐기기 위해 하루를 달려온 것처럼 넋 놓고 웃다가, 서로의 저녁 시간은 방해하지 않은 채 아페로 시간을 마무리한다.

한동안은 7월의 열흘간을 프랑스 서해안에 있는 섬 벨일Belle

île에서 지냈다. 해변에서 바다와 놀고, 해물을 따고, 배드민턴을 치고, 산책하고서 집에 들어오면 우리를 맞아준 친구 내외와 하루도 빠짐없이 아페로 시간을 가졌다. 짭짤한 과자 하나 놓고 갈매기 소리, 하루의 마지막 배가 항구를 떠나는 소리를 들으며 테라스에서 술잔을 기울였다. 스무 번쯤 껄껄대며 웃다가 의자에서 누군가 굴러떨어질 때쯤, 붉게 물들어가는 서쪽 하늘에 우리의 뺨도 함께 물들어갈 무렵 우린 집 안으로 들어가 저녁 식사를 들곤 했다.

술이다 보니 안주가 곁들여지기도 하는데, 아페로에 곁들여지는 안주는 대개 소박하다. 짭짤한 비스킷이나 올리브, 아몬드, 땅콩 같은 한 손에 집어 먹을 수 있을 정도의 작은 소품들이 나온다. 누구도 아페로를 준비하기 위해 노동하지 않도록. 프랑스인들이 애정을 담은 사물, 사람을 지칭할 때 자주 사용하는 petit(프티: 작은)라는 형용사가 앞에 곁들여진 "프티 아페로 한잔할까?"라는 문장은, 경직된 시간과 관계를 풀어주는 마술 같은 언어로 작용한다. 아페로의 마법 속에서 사람들은 쉽게 흉금을 털어놓는 친구가 될 수 있으므로.

유럽의 아페로 문화는 고대부터 시작된다. 로마인들은 식사 시작 전에 꿀을 가미한 달콤한 포도주를 한잔 마시는 습관이 있었고, 프랑스인들의 선조인 갈리아인들도 식전에 매콤한 음료를 마시는 관습이 있었다. 고대 유럽인들의 이런 습관은 중세에 들어와 식전에 마시는, 각종 허브로 빚은 향기 진한 술과 거기에 곁들여지는 간단한 안주로 정착되었다. 18세기 계몽주의 철학자 드니 디드로Denis Diderot는 자신이 저술한 백과사전에서 아페로를 "독소를 제거하는 길을 열어주는 약"이라고 정의한다. 약초로 빚어진 경우가 많았기에 건강을 돕는 약주로 인식하는 것이 당시엔 보편적이었고, 아페리티프의 어원 자체가 몸 안의 모든 독소를 제거하는, 피부의 '문을 열다'라는 의미의 라틴어 aperire에서 오기도 했다. 이들이 잔을 부딪힐 때 하는 말인 'santé(상테)'가 건강을 뜻하는 단어인 것은 우연이 아닌 셈이다.

1970년대 이후, 즉 68혁명이 권위주의와 계급 질서의 무게와 맞짱 뜬 이후에 프랑스인들의 아페로를 즐기는 시간이 두드러지게 늘어났다는 사실을 역사는 기록하고 있다. 여유 있는 계층의 전유물이던 아페로가 일종의 '민주화'를 겪으며 보편적 문화가 된 시기이기도 했다. 그 후 차츰, 아페로 시간을 위한 다양한 안주 조리법이 개발되고, 가공식품 시장도 급속히 성장해갔다. 서점에 가면 언제나 아페로 시간을 위한 다양한 아이디어를 담은 책들이 앞다퉈 나와 있는데, 2022년에는 《아페로 사전》까지 발간되기에 이른다. 산업화되고 대중화되는 모든 것은 본래의 색깔을 잃곤 하지만, 사람들 사이에 작은 쉼터와 미소, 일상의

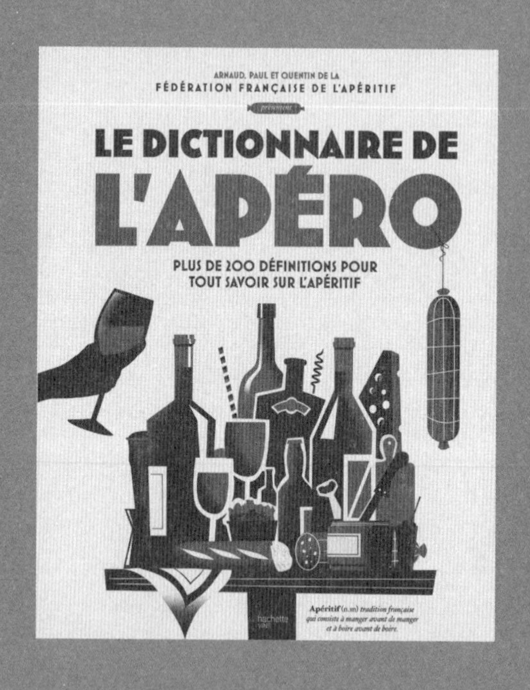

2022년에 출간된 《아페로 사전》 표지.
식전주로 즐길 수 있는 200개의 아페로를 소개한다.
프랑스는 상상을 초월한 주제로 사전 만들기를 좋아하는
나라이긴 하나, 이 사전이야말로 아페로에 대해
진심인 프랑스 사람들의 마음을 잘 보여준다.

소박한 기쁨을 제공하는 아페로의 정서는 온전히 성업 중이다.

"프티 아페로 한잔할까?" 누군가 당신에게 이렇게 묻는다면, 그리 오래 숙고할 필요가 없다. 그는 당신과 함께 웃고 떠들며 기분 좋은 시간을 잠시 나누고 싶은 것이다. 자본의 힘이 거침없이 인간 사회의 모든 영역을 장악해가고, 인간을 자본을 위한 기계로 길들이고 있는 21세기의 지구촌에서, 아직 프랑스 사회가 자본이 요구하는 질서에 온전히 백기를 들지 않고 버틸 수 있게 해주는 저력의 2할 정도는 아페로 문화 덕분이 아닐까 추측해본다.

2010년에 프랑스의 미식문화, 2022년에 프랑스의 바게트가 유네스코 선정 인류무형문화유산이 된 데 이어, 이들의 아페로 문화도 그 보존 가치를 인정받아 인류의 무형문화유산이 되는 날이 오려나?

On ne se connaît pas tant qu'on n'a pas bu ensemble.

Qui vide son verre vide son cœur.

함께 (아페로를) 마시기 전까진 우린 서로를 알지 못한다.

잔을 비우는 사람은 마음을 내려놓는 사람이다.

-빅토르 위고

Il fait beau

(일 페 보: 아름다운 날씨로군요)

아름다움을 포착하고 찬미하는 감각

학생 시절 베이비시터 알바로 돌보던 티보가 어느 날, 함께 집으로 돌아오는 길에 이런 말을 했다. “Il fait beau, aujourd'hui(오늘, 날씨 참 좋다).” 이 표현에 등장하는 형용사가 ‘beau(보: 아름답다)’다. 직역하면 ‘오늘, 날씨가 아름답다’가 된다. 내가 관찰한 바로 beau는 ‘gentille(친절한)’와 함께 티보가 처음 사용한 형용사였다. 그때 티보의 나이 두 살이었다.

아이의 부모는 소아과 의사의 조언에 따라 내게 아이와 한국말로 대화해줄 것을 청했다. 한국말처럼 프랑스어와 발음 구조가 크게 다른 언어를 어릴 때 익히면 뇌 자극도 왕성해지고, 발음할 수 있는 언어의 폭도 확대된다는 이론에 따른 것이다. 프랑스어를 배우던 시절에 만난 티보에게 난 한국어 노래를 가르쳐주거나 간단한 한국말을 건넸고, 티보는 탁아소에서 익힌 새로운 표현을 매일 자기를 찾아오는 내게 가장 먼저 써먹곤 했다. 티보와 나는 언어적으로 동반 성장해가는 입장이었다.

이제 막 입을 떼기 시작한 아이에게서 나오는 말들은 하나하나가 조개 속에서 발견하는 진주알처럼 귀하게 느껴졌다. 난 아이가 발음하는 단어들을 늘 진귀한 보석처럼 응시하고 음미했다. 아이가 날씨를 찬미하던 그날은 햇빛이 천지를 따사롭게 감싸던 봄날이었다. 좀처럼 해를 구경하기 힘든 유럽의 긴 겨울 끝, 마침내 지상에 햇살이 번지기 시작하면 사람들은 행복에 겨운 듯 오렌지빛 미소를 머금고, 축복을 내려준 하늘에 영광 돌리는 일을 잊지 않는다. 아이는 분명 탁아소 보모들이 했던 말을 따라 했을 것이다.

말은 인간에게서 생각을 발현시키는 도구이자 행동과 변화를 끌어내는 씨앗이다. 말이 갖는 힘은 때때로 우리의 상상을 앞질러간다. '아름다움'과 햇살 가득한 날씨를 연결하는 어른들의 말을 따라 하면서, 아이는 해를 향해 경의를 표하는 문화를 익히고, 아름다움을 일상의 곳곳에서 발견하는 그네들의 습관을 배우고 있었다. 그러는 사이 '아름다움'이란 가치에 무게중심을 두는 프랑스인의 DNA가 무럭무럭 자극받으며 성장하고 있었다.

세월이 좀 더 흘러 배 속에 아이를 갖고 프랑스에서 첫 초음파 검사를 받았을 때, 의사는 초음파로 태아를 보며 “C’est un beau bébé(아름다운 아기군요)”라고 하며 친절한 미소를 지었다. 다시 한번, 아름다움이라는 단어가 등장했다. 초음파로 움직임과 대강의 형태만 파악할 수 있는 영상을 보며 태아의 아름다움에 미소 짓는 의사. 이들에게 아름다움의 의미는 어디까지 확장되는 것일까, 의문을 던졌다. 내 아이는 배 속에서 의사의 말을 들었을까? 자신을 향해 의료진이 처음 했던 말을 아이가 기억하진 못해도, 그의 말이 전하는 밝고 따사로운 진동은 아이에게 전해졌을 것이다.

비빔밥이든 잡채든 김밥이든, 오색을 곁들여 정성껏 마련한 한국 음식으로 식탁을 차려놓으면 식탁에 둘러앉은 프랑스 사람들이 가장 먼저 하는 얘기는 “맛있겠다”가 아니라 “오, 아름다워요Oh, c’est beau”다. 맛 이전에 미학적 평가를 받은 식탁의 주인공은 각별한 자부심을 가슴에 새기고, 다음엔 좀 더 아름다운 식탁을 마련하는 데 신경을 쓰게 된다. 친구 집에 초대받아 저녁 식사를 하러 가면 은은한 부분 조명, 촛대와 꽃, 각별한 식기들로 우아하게 꾸며진 식탁을 마주하게 된다. 아름다운 식탁과 기분 좋은 저녁은 음식의 질에만 있지 않으며, 다양한 미적 감각이 동원되는 종합예술이라고 매번 알려준다.

시장의 생선 가게 주인이 싱싱하게 잘빠진 생선을 집어 들며 하는 말도 "싱싱한 놈으로 드릴게요"가 아니라 "이놈 참 아름답죠"가 된다. 시각적 아름다움이 이들 눈에 가장 먼저 들어오는 면모이고, 맛과 신선도는 그다음으로 따라온다. 시각적 아름다움의 완성도는 나머지 모든 것을 포괄하고 있는 경우가 많기에, 그러한 우선순위에 딴지를 걸고 싶은 마음은 생기지 않는다. 신선하지 않은 생선이 비늘을 탱탱하게 반짝이며 빛낼 순 없는 법이다.

월드컵 경기 중계를 하는 캐스터들이 적시에 기적처럼 터져준 그림 같은 골을 보며 목 놓아 외치는 말도 "C'était vraiment beau(이건 정말 아름다운 골입니다)". 이쪽의 스포츠 중계도 파토스가 로고스를 제압하는 열정의 말잔치다. 골이 들어간 순간 캐스터들은 격정적인 형용사들을 남발하는데, 순식간에 튀어나오는 말들 중에 슛의 아름다움을 찬미하는 표현을 빠트리지 않는 걸 보노라면 미소가 지어진다. 이 순간에도 아름다움을 포착하는 것을 잊지 않는 당신들.

물론 멋진 남자를 향해서는 "Il est beau(그는 아름답다)", 여성에겐 beau의 여성형인 belle을 사용해 "Elle est belle(그녀는 아름답다)"이라고 말한다. 어린 왕자가 방금 피어난 장미를 보며 했던 바로 그 말이다. 이 표현을 의자나 쐐기풀, 사슴에게도 기꺼이 바친다. 아름다움을 구현하는 존재라면 그 누구에게라도.

한국에서 만난 한 아동서적 전문 출판사의 대표는 프랑스 사회의 발달된 미의식이 미술 교육에 있으리라 판단하고, 프랑스 미술 교육법의 비밀을 알고 싶다며 내게 이와 관련한 미션을 제시했다.

그러나 그 제안을 받아들이지 않았다. 딸아이를 통해 프랑스 초중고교에서 이뤄지는 미술 교육법에서 알아내야 할 비밀 병기 같은 건 딱히 없다는 사실을 파악했기 때문이다. 대신 이들에게는 태어날 때부터(혹은 태어나기 전부터) 천지 만물 속에서 시시각각 아름다운 것들을 발견해내고, 그것을 찬미하며 서로의 미적 감각을 자극하는 오랜 언어습관이 있다. 바로 이것이 내가 발견한, 이들의 미감을 발달시키는 가장 효과적인 방법이었다. 말이 씨가 되는, 오랜 인류의 법칙이다.

Le *beau* peut durer toujours: il est sa propre trace.

On parle de lui et de ceux qui l'ont servi.

아름다움은 영원히 지속될 수 있다. 아름다움은 그 흔적 자체다.

사람들은 아름다움과 아름다움에 기여한 것에 대해 이야기한다.

-아멜리 노통 Amélie Nothomb(작가)

Envie

(앙비: 욕망)

사소하고 경이로운 프랑스식 사치

프랑스에 와서 처음 사귄 친구는 길에서 만났다.

뿌리를 내렸던 곳에서 벗어나 낯선 곳으로 날아온 사람에게 다가온 모든 인연은 새로운 뿌리를 내리기 위한 양분이 된다. 그 하나하나가 소금처럼 귀하다.

우리는 나라가 제공하는 여러 가지 지원금을 신청하는 관청의 다른 창구에서 긴 시간 기다리다가 비슷한 시각에 나와 걸었다. 내가 앞서 걸었지만, 조금 늦게 나온 그는 큰 보폭으로 날 따라잡았다. 두 시간의 긴 기다림 끝에 마침내 창구 앞에 선 내게, 담당자는 "Je vous écoute(듣고 있어요)"라고 간단히 말했고, 내가 내민 서류를 말없이 들춰 보다가 20초 만에 서류 미비를 지적하며 나를 돌려보냈다. 다시 오면 되겠지만 그렇게까지 냉담한 얼굴을 해야 했을까. 창구 직원의 질려버릴 듯한 무뚝뚝함에 마음이 얼얼했다. 반면 그는 일이 잘 풀린 듯 댄서의 날아갈 듯한 발걸음으로 땅을 디디며 생글생글한 얼굴로 내게 말을 걸었다.

"넌 무슨 일로 여기에 왔니?"

"집세 보조금 신청하러 왔어. 학생이거든. 너도 학생이니?"

"아니. 난 일해. 그런데 나한텐 handicapé(앙디카페)가 있거든."

"아하… 그렇구나."

파리에 온 지 2개월 정도여서 말문은 물론 귀도 충분히 열려있지 않은 시점이었다. 그가 밝은 얼굴로 가지고 있다는 앙디카페를 당시엔 무슨 카페를 운영한다는 말로 알아들어, '카페를 하는 사람들도 보조금을 탈 일이 있구나. 좋네' 하고 멋대로 상상했다. 몇 발자국 더 같이 걸으니 지하철이 나왔다. 같은 방향이라 지하철에서 시답잖은 이야기를 몇 마디 나누다가 그는 내려야 했다. 그는 손에 들고 있던 서류 봉투의 귀퉁이를 북 찢어 자신의 이름과 전화번호를 적어 건네고 서둘러 내렸다. 집에 돌아와 그 전화번호를 뚫어지게 들여다보며 일주일을 고민하다가, 처음으로 길에서 만나 이야기 나눈 프랑스인에게 마침내 전화를 걸었고, 그때부터 우린 종종 얼굴을 보는 사이가 되었다.

그를 다시 만나 대화를 나누고 나서야 그가 말했던 앙디카페는 '장애'라는 뜻임을 알게 되었다. 겉으론 완전히 멀쩡해 보이는 그의 몸 어딘가에 장애가 있다는 사실도 놀라웠지만 "난 장애가 있어서 지원금을 받아"라는 말을 그토록 발랄하게 말했기에, 앙디카페가 '핸디캡handicap'이라는 영어 단어와 같다는 것을 꿈에도 상상할 수 없었다. 그렇게 접한 앙디카페라는 단어는, 나에게 모든 종류의 열등감으로부터 '집단 면역' 상태에 있는 듯한 프랑스인의 뻔뻔한 당당함을 상징하는 말이 되었다.

그는 17세 때 오토바이 사고로 2개월간 혼수상태로 있었고, 기적적으로 깨어나면서 다시 태어났다. 몸은 17살이었지만 정신적으론 0세인 상태로 포맷된 사람으로 말이다. 사고는 그의 몸 어딘가에 나라의 지원을 죽을 때까지 받게 해주는 장애를 훈장처럼 남겼고, 그는 주변의 사물 이름을 새로 익히며 말을 배워갔다. 그렇게 살아온 지 10년이었다. 그는 사고를 통해, 시들지 않는 장미꽃 같은 장애(혹은 결핍)를 얻은 듯했다. 그것이 그를 늘 조금 다른 인간으로 만들어주었다. 이를테면 두 시간 동안 지원 창구 앞에서 죽치고 있다 나오면서 댄서의 발걸음으로 걸을 수 있게 해주는 멘탈 같은 것 말이다.

어느 날은 함께 영화를 보러 가기로 했다. 그런데 정작 당일이 되자, 가고는 싶은데 오늘은 영화에 대한 envie(앙비)가 없어서 갈 수 없다고 했다. 앙비가 없어서? 그는 마치 그 단어가 차비라든가, 우산이나 극장 입장권인 양 말했다.

앙비라는 수수께끼 같은 단어가 미스터리한 오브제처럼 눈앞에 등장하던 순간이었다. 가장 가까운 우리말은 욕구 혹은 욕망이다. 자신의 의지로 어쩔 수 없는, 내면으로부터 솟아올라 자신을 지배하는 무언가를 지칭하는 듯했다. "Je n'ai pas d'envie(앙비가 없어)"라는 말은 더 이상의 권유를 차단하는 완벽한 프랑스식 표현이다. 시간이나 돈이 없어서도, 몸이 불편해서도 아니고 앙비가 없어서라면, 그 사람을 일으켜 세워 움직이게 할 장사는 없다. 반대로 "J'ai envie(앙비가 있어)"라고 말하며 일어서는 사람은 말려서도, 말릴 수도 없는 상태에 있는 것이다. '앙비가 있다' 혹은 '앙비가 없다'라는 문장의 결정적 힘은 프랑스 사회가 지닌 개인주의적 속성의·든든한 뿌리를 대변하는 척도다. '개인주의의 승리'를 역사 속에 각인한 68혁명 이후, '개인의 욕망'은 절대적 무게를 지니는 프랑스적 가치가 되었다.

Envie 속에는 en과 vie가 들어있다. en은 영어의 in에 해당하며 vie는 삶을 의미한다. 마치 살아있다는 것은, 실현하고자 하는 욕망을 삶 속에 가지고 있다는 의미인 것처럼 말이다. 라루스 사전에 나온 앙비의 뜻을 좀 더 자세히 살펴보자.

① 원한이나 증오가 섞이거나 혹은 섞이지 않은 부러움.

② 무엇을 갖고 싶거나 하고 싶은 욕망. 어떤 일이 일어나

기를 바라는 마음.

③ 갑작스럽게 뭔가에 대해 갖게 되는 육체적 필요.

영어 envy와 비슷한 ①의 의미는 프랑스에서 동사(envier)로만 쓰일 뿐, 명사의 형태에선 거의 쓰이지 않는다. 사전 속엔 여전히 존재하지만 적어도 내가 프랑스에서 살아온 20년간 ①의 용도로 앙비를 쓰는 경우는 보지 못했다. 마치 부러움 따위의 어휘는 굳이 삶에서 필요하지 않다는 듯. ②, ③번 혹은 둘을 복합적으로 섞어놓은 의미가 주로 사용된다. 그것은 우연이 아니라 사회운동과 그것이 추동한 사회적 진화의 결과가 아니었나 싶다. 타인과 견주어 불행하거나 행복해지는 개인이 아니라, 자신의 욕망에 비추어 삶을 반추하는 개인을 프랑스 사회는 탄생시킨 것이다.

개인주의는 '개인이 갖는 존엄한 권리에 대한 인정'이 보편적 가치의 기준이 되는 사고 체계다. 국가주의, 전근대적 가족주의와 가부장제의 근엄함 속에 여전히 갇혀 있던 드골Charles de Gaulle 하의 프랑스에서 뜨거운 용암처럼 분출해 세상으로 퍼져간 68혁명은 정신적, 심리적 차원에서 현대로 향하기 위해 근대의 갑옷을 깨부순 사건이었다. 그 사건 끝에 '개인'과 개인의 '욕망'이 하나의 가치로서 탄생하면서, 너와 나의 앙비는 존중받아 마땅한 무엇으로 굳어져갔다. 비행기에서 우연히 옆자리에 앉았던, 1968년에 열여덟 살이었던 한 남자는 68혁명에 대해 이렇게 요약했다. "그것은 관습의 사슬을 끊는 혁명이었어요. 그 전까지 남자들은 셔츠와 재킷을 차려입고 모자를 쓰지 않으면, 거리에 나오지 못했어요. 하지만 68혁명이 모두를 해방시켰죠. 혁명 이후 모든 것이 가능해졌어요. 사람들은 더 이상 관습대로 행동하려 애쓰지 않았어요. 우린 티셔츠나 반바지를 입고도 거리에 나올 수 있게 됐죠." 사람들을 지배하던 관습이 물러난 자리를 차지한 것은 개인의 앙비였다.

친구가 자신의 앙비에 따라 홀연히 약속을 취소할 때, 난 프랑스적 뻔뻔한 자아가 어떻게 작동하는지 보았다. 그것은 수백만 원짜리 샤넬 가방을 사는 것과는 비할 수 없는 또 다른 럭셔리한 삶이다. 욕망의 소유자이자 실천자가 되며, 그 행동이 존중받을 수 있다는 것. 관습과 통념, 예절, 상식, 관성에 따라 사는 대신 앙비의 바스락거리는 미세한 움직임에 따르는 삶을 누리는 것은 20세기 말의 프랑스 사회가 보여준 사소하고도 경이로운 사치였다.

68혁명으로부터 반세기쯤이 지난 후, 프랑스인들이 오래 잊지 못할 문장 하나가 2022년 1월 4일, 대통령 마크롱Emmanuel Macron 입에서 튀어나왔다. "Les non-vaccinés, j'ai très envie de les emmerder(백신 비접종자들, 나는 그들을 몹시 괴롭히고 싶다)." 사적인 내밀한 욕망을 드러내는 단어 앙비가, 팬데믹이란 상황이 허락해준 독재 권력의 한가운데 있던 국가 지도자의 입에서, 특정 국민들에게 불이익을 가할 수 있는 근거로 제시됐을 때, 그가 위협하는 대상은 백신을 맞지 않은 사람들뿐 아니라 민주주의 시스템 그 자체가 된다. 그가 이 문장을 언론 인터뷰에서 말한 날, 국회에선 여야 의원들 간에 백신을 2차까지 맞았다는 증서가 있거나, 테스트 결과 음성이라는 증서가 있는 사람들에게만 특정 공간(카페, 레스토랑, 응급실을 제외한 병원, 비행기, 요양원 등)의 출입을 허용하는 정책이 논의 중이었다. 백신 접종이 바이러스 전파를 차단한다는 과학적 증거가 전무한 상태에서* 국민의 기본권을 심하게 제한하는 이 조치는 백신을 맞은 사람들에게조차 강한 거부감을 일으켰고, 이에 맞선 거국적 시민 저항의 기폭제가 되었다.

의회의 논쟁이 내릴 결론과 상관없이 언론을 향해 자신의 앙

* 2020년 12월, 프랑스 백신접종전략위원회 위원장으로 임명된 알랭 피셰Alain Fischer 박사는 첫 기자회견에서 "백신이 그것을 맞은 사람을 코로나19로부터 보호하는지, 그것을 타인에게 더 이상 전염시키지 않는지에 대해 확신할 수 있는 정보가 없다"고 밝힌 바 있다. 이러한 사실은 2년 뒤인 2022년 10월 10일, 유럽의회에서 열린 화이자 청문회에 출석한 화이자 임원이 "백신이 바이러스 전파를 차단한다는 임상시험 결과는 없다"고 밝히면서 재차 확인되었다. 마크롱 대통령은 코로나19 백신 접종을 의무화하는 일은 결코 없을 것이며, 그것은 개인의 선택이 될 것이라고 수차례 공언한 바 있기에, 이날의 발언은 더욱 큰 반감을 불러일으켰다.

비를 실현하겠다고 알리는 대통령의 태도는, 마치 이 광기 어린 시절이 권력자 개인의 부풀어 오른 과대망상을 어디까지 받아 줄 수 있는지를 시험하는 것처럼 보였다.

더구나 그가 사용한 동사 emmerder(귀찮게 굴다, 괴롭히다)의 어근인 merde는 인간이나 동물의 배설물을 의미한다. 직설적으로 얘기하자면 그들에게 오물을 끼얹고 싶다는 매우 저속한 표현이 된다.

'공포'로 통치하고, 앙비에 대한 인정은커녕 인간이 가진 천부의 권한인 신체 결정권마저 근거도 없이 몰수당하는 시간을 겪으며, 사람들은 절대 권력을 확인한 권력자 개인의 앙비가 얼마나 무섭게 비대해지는지를 지켜볼 수 있었다. 50여 년 갈고닦으며 작동하던 사고와 행동의 패턴이 공포로 얼어붙자, 민주주의의 데카당스(décadence, 쇠퇴)가 문 앞에 와 있었다.

Le talent, ça n'existe pas. Le talent, c'est d'avoir *envie* de faire quelque chose.

재능이란 건 존재하지 않는다.

재능은, 뭔가를 하고 싶은 앙비를 갖는 것이다.

-자크 브렐 Jacques Brel(가수)

Pain

(빵)

달콤한 것은 빵이 아니다

하루 세끼 쌀밥을 먹는 나라에서 온 사람에게 빵집에서 파는 모든 것은 빵이라 불러 마땅했다. 그러나! 쌀집에서 파는 것이 모두 쌀은 아니듯, 빵집에서 파는 것이 모두 빵은 아니었다. 어느 순간, 빵집에서 순수하게 빵pain이라 불리는 물건들은 엄격하게 정해져 있다는 사실을 알게 되었다. 그 사실을 명확히 인지하고 받아들이는 데 족히 10년 넘는 시간이 걸렸다. 프랑스에 있는 빵집에 들어가면 진열대에 좌르륵 놓여 있는 화려한 모양의 달달한 것들은 빵이라 부르지 않는다. 그것은 빵이 아니니까. 진열대 뒤쪽, 주로 계산대 뒤편 벽에 놓여 있는, 이 나라 사람들의 주식에 해당하는 덩치 큰 녀석들이 이곳 사람들이 빵이라 부르는 것들이다. 아이 베개만 한 것에서 어른 베개만 한 것까지 다양하며, 큰 사이즈의 빵은 손님이 원하는 만큼 잘라서 판다. 정육점에서 고깃덩어리를 썰어 팔 듯이. 순수한 빵에는 어떤 달달함도 없다. 그것이 빵과 빵이 아닌 것을 구분하는 가장 쉬운 기준이다. 빵 반죽엔 버터도 우유도 설탕도 들어가지 않는다. 물, 소금, 효모와 밀, 귀리, 통밀, 호밀 등의 곡물만이 들어간다. 맛과 영양을 더하기 위해 들어갈 수 있는 것은 해바라기씨, 아마씨, 호박씨 같은 견과들이다. 겉은 과감한 칼질을 해야 썰릴 만큼 딱딱하고, 속은 탄력 있고 보드랍다. 달지 않고 씹을수록 곡물의 깊은 맛을 느끼게 해주는 텁텁하고 담백한 것들만이 빵으로 불린다. 캉파뉴 빵*, 시리얼 빵, 바게트 빵 등.

그럼 우리가 프랑스 빵의 대명사로 알고 있던 크루아상은? 빵 오 쇼콜라는? 그들을 부르는 공식적인 단어는 비에누아즈리viennoiserie다. 크루아상을 필두로 버터, 계란, 우유, 설탕 등이 들어간 여러 겹의 결이 있는 것을 부르는 공식 명칭이다. 비에누아즈viennoise는 '비엔나 사람들' 혹은 '비엔나의'란 뜻의 형용사다. 비엔나에서 온 제빵사들이 만들어 전파한 것이기 때문에 이런 이름이 붙은 것이다.

크루아상의 조상이랄 수 있는 킵펠kipferl은 17세기부터 오스

* 캉파뉴campagne는 '시골'로, '시골 빵'을 의미한다. 정제된 곡물로 만든 부드러운 빵에 반대되는 개념으로, 기본적으로 반도정 밀에 10퍼센트 이상의 호밀이 들어간다.

곡물과 물, 소금으로 만드는 빵은 효모를 넣어
발효시킨 것으로 프랑스인의 식탁에 우리의 공깃밥처럼
늘상 오른다. 밀로 만드는 빵 캄파뉴,
다양한 곡물을 섞어 만드는 빵 오 세레알,
통밀로 만드는 빵 콩플레, 호밀로 만드는 빵 오 세글 등이 있다.

트리아에서 만들어지기 시작했다. 마리 앙투아네트Marie Antoinette가 루이 16세Louis XVI와 결혼하던 해인 1770년, 그녀와 함께 크루아상이라는 제과가 프랑스에 처음 전해졌고, 1837년 비엔나에서 온 제빵사가 파리 중심가인 리슐리외가에 빵집을 열고 자기식의 크루아상과 빵 오 쇼콜라를 만들어 팔았다. 이 달콤하고 고소한 신문물은 급속도로 퍼져나가 파리지앵들을 사로잡더니, 파리 곳곳에 비슷한 맛을 흉내 내는 빵집들이 늘어나기 시작했고 1863년엔 마침내 크루아상이란 단어가 사전에 등재되기에 이른다. 이후 약 1세기 후인 1950년대에 이르러 크루아상은 프랑스의 전통적인 아침 식사 메뉴의 하나로 자리 잡는다.

여전히 많은 가정에서 바게트나 두툼한 캉파뉴 빵을 썰어 버터나 과일잼을 발라 먹는 걸로 아침 식사를 하지만, 카페에선 주로 커피 한 잔에 크루아상을 먹는다.

남편은 한국에서 지내던 3년 동안 "왜 한국 빵집엔 빵이 없냐?"고 묻곤 했다. "빵이 이렇게나 많은 데 무슨 소리야. 빵이 좀 달달할 뿐이지"라고 나는 응수했다. "그건 달달한 빵이 아니라, 그냥 빵이 아닌 거"라며 그는 (내가 보기엔) 억지를 부렸다. 내가 아직 프랑스식 빵의 정의를 수용하기 전이었다. 비에누아즈리의 어원을 접하고, 비에누아즈리와 빵 사이의 경계를 이해하고 나서야 그는 억지 부리는 프랑스 꼰대라는 억울한 누명을 벗을 수 있었다.

빵을 규정함에 있어, 프랑스 사회가 유난히 진지한 태도를 취하는 데엔 나름 역사적 배경이 있다. 18세기 프랑스에서 빵은 식량의 90퍼센트를 차지하는 핵심 요소였다. 1789년 혁명은 빵이 부족한 백성들의 절박한 현실과 차고 넘치는 귀족들의 곳간과의 격차에서 온 것이었기에, 혁명 주도 세력은 빵을 둘러싼 '평등'의 가치에 대해 각별히 엄격했다. 1793년, 자코뱅당의 급진파인 산악파가 정권을 잡으며 소위 공포정치의 시대(1793~1794)가 열렸을 때, 이젠 모든 프랑스 국민이 똑같은 빵을 먹어야 한다는 의미에서 "평등의 빵pain de l'égalité"에 대한 행정명령이 발표된다.

흰 빵이 귀족들의 우아함을 상징하는 표식이었다면 갈색 빵은 평민 계급의 것이고, 검은 빵은 빈자들의 차지였다. 이는 앙시앵 레짐(ancien régime, 프랑스 혁명 이전의 구체제) 시절의 악습이었다. 빵이라는 기본 식량의 계급적 차이를 전면적으로 종결시킨 '평등의 빵'은, 밀기울의 함량이 높고 밀 3/4, 호밀 1/4의 혼합물로 구성된 300그램의 빵이다. 1793년 11월 15일 발표된 이 법령은 '평등의 빵'에 깃든 정신에 대해 이렇게 명시하고 있다.

> 부와 가난도 평등의 체제하에선 사라져야 한다. 더 이상 부자에게는 고운 밀가루 빵이, 가난한 자에게는 밀기울로 만

든 빵이 주어지진 않을 것이다. 모든 제빵사는, 오직 한 종류의 빵, '평등의 빵'만 만들어야 하며 이를 어길 시엔 징역에 처해질 수 있다.

오늘날 바게트의 무게는 250그램으로 줄었고, 80센티미터인 일반 바게트와 그보다 작고(60센티미터) 통통한 전통 바게트 baguette tradition 2종이 가장 일반적으로 판매된다. 1970년대까진 바게트 가격을 국가가 매년 정해왔지만, 이후 바게트 가격에 대한 국가의 개입은 종료되었다. 그러나 바게트 가격에 대해선 여전히 사회적, 심리적 마지노선이 작동한다. 달달한 제과들에 대해선 빵집마다 자유롭게 가격을 책정하지만, 바게트만은 저렴한 가격을 일정하게 고수한다. 2023년 프랑스 바게트의 평균 가격은 1유로(약 1400원) 정도다. 대개는 매일 새벽 제빵사가 빵집에서 직접 구워 내놓는다. 들어가는 공에 비해 바게트 가격이 유난히 가벼운 이유는 이 빵에 깃들어 있는 역사적, 사회적 무게에서 찾을 수 있다.

2022년 유네스코는 프랑스의 '바게트 제빵의 장인적 노하우와 문화'를 무형문화유산으로 지정했다. 프랑스에선 매년 가장 맛있는 바게트를 선발하는 대회가 지역별, 전국 단위에서 열리며, 최종 수상자에게는 대통령 집무실인 엘리제궁에 바게트를 1년간 공급할 수 있는 권리가 주어진다. 매스컴의 화려한 스포트라이트를 받으며 스타 제빵사로 등극하는 건 당연한 수순. 이처럼 온 사회가 제빵사들의 기술 발달과 보존을 위해 공을 들이고, 제빵사는 새벽에 일어나 매일 아침 7시부터 신선한 빵을 이웃들이 사 갈 수 있도록 최선을 다한다. 프랑스에서 가장 부지런한 사람들은 바로 이들이다.

각종 통곡물, 견과류, 씨앗 등을 곁들인 건강한 유기농 빵들이 점점 더 큰 인기를 얻으면서 순수하게 밀과 소금으로만 만들어진 바게트의 확고했던 명성은 조금씩 줄어드는 추세나, 바게트는 여전히 프랑스를 상징하는 음식임엔 변함이 없다. 재미있는 사실은, 프랑스 대부분의 빵집엔 딱히 이름이 없다(드물게 있는 체인점에만 상호가 있다). 그저 불랑즈리(boulangerie, 빵집)라 써 있고, 제과를 겸하면 파티스리pâtisserie라는 단어가 더해져 있을 뿐. 프랑스의 약국에 딱히 상호가 없고, 그저 약국pharmacie이라 써 있는 것과 비슷하다. 이는 마치 그 구역의 빵을 담당하는, 공적 의무를 행하는 곳이라고 말하는 듯하다.

프랑스어 copain(코팽)은 친구를 의미한다. Co('공동의'라는 뜻의 접두사)와 pain이 합쳐진 단어로, 즉 '빵을 함께 나눠 먹는 사람'이다. 그래서 빵은 이들에게 신성한 단어다. 프랑스의 전설적 가수 조르주 브라상Georges Brassens의 히트곡 〈오베르뉴인을 위한 노래Chanson pour l'auvergnat〉는 그가 가난하던 시절, 자신에게 빵을 나눠 주던 오베르뉴 출신의 한 이웃을 노래하고 있다.

> 이 노래는 당신을 위한 것입니다. 가진 것 없는 당신은 내 인생이 배고플 때, 네 조각의 빵을 나눠 주었죠. 먹고 마시며 떠들던 사람들이 배를 주리고 있던 나를 재미있다는 듯 바라볼 때, 당신은 내게 당신의 오두막 문을 열어주었죠. 몇 조각의 빵, 그건 결코 작은 게 아니었습니다. 그건 내 몸을 따뜻하게 덥혀주었죠. 그건 아직도 내 영혼 속에서 잔칫상처럼 따뜻하게 타오르고 있습니다.

La terre

(라 테흐: 지구)

모든 생명의 어머니

처음 프랑스에 왔던 그해 약 10개월은 온전히 프랑스어를 익히기 위해 매일 24시간을 총동원하던 날들이었다. 내 몸의 모든 세포와 에너지는 더 빨리, 더 많은 어휘를 들이마시고 소화해 내 것으로 만들고자 하는 의욕에 기꺼이 동참해주었다. 아침 일찍 일어나 68번 버스를 타고 뤽상부르 공원 근처에 있는, 아시아인들을 위한 프랑스 어학원에서 8시에 시작하는 수업을 듣고, 헐레벌떡 뛰어 바로 근처 소르본 어학원의 10시 강의를 들은 후, 오후엔 은퇴한 알리앙스 프랑세즈(Alliance Française, 외국인을 대상으로 프랑스어와 프랑스 문화 교육을 하는 재단) 교수들이 무료로 운영하는 시설에 가서 나 같은 프랑스어 초보 외국인들과 단어들을 얼기설기 기워 문장을 만들어보는 곡예를 하곤 했다.

오후 늦게 집에 돌아와선, 라디오나 텔레비전을 틀어놓고 집안일과 식사를 하며 이 세상에 무슨 일이 일어나고 있는지, 안개 속을 더듬어가듯 들리는 단어 사이로 세상의 변화를 감지하기도 했고, 늦은 밤엔 오디오북을 들으며 받아쓰기에 열중하곤 했다. 그땐 우편함에 꽂혀 있는 광고지 하나하나까지 소중하게 느껴졌다. 그 모든 말이 아가의 웃음처럼 내 심장을 건드렸다. 프랑스 사회가 오늘은 나에게 또 무슨 말을 건네는 걸까? 사전을 앞뒤로 바삐 횡단하고 단어 사이를 항해하며 이 사회를 해독해갔다. 프랑스어를 빠르게 정복할수록, 이 새로운 세상의 문이 나를 향해 열릴 듯했기에.

그 시절 닳도록 듣고 또 들었던 것이 생텍쥐페리Antoine de Saint-Exupéry의 《어린 왕자》 테이프였다. 어린 왕자는 지구라는 별이 평판이 괜찮으니 가보라는 지리학자의 얘기를 듣고, 지구별la terre에 도착한다. 거기서 여우renard를 만나고, 길들이는 것apprivoiser이 무엇인지 배우며, 인간의 삶엔 의식rite이 필요하다는 것을 알게 된다. 인간이 만들어낸 의식들로 인해 어떤 날은 다른 날들과 다른 것이 된다는 사실도. 어린 왕자는 여우의 안내를 받으며 지구별을 탐험하고, 나는 어린 왕자의 발자국을 따라 프랑스라는 세상을 조심스럽게 디뎌갔다. 그때 머릿속에 새겨진 말의 씨앗들은 두고두고 머릿속에서 숨 쉬고 있다가 특별한 계기를 통해 싹을 틔우곤 했다. 그때 어린 왕자가 알려준 거대한 진실 중 하나가 la terre가 '지구'이자 동시에 '땅'이며, '바닥'이고 '흙'이며 '대지'라는 사실이다.

프랑스어뿐 아니라 대다수의 유럽어에서 같은 현상이 발견된다. 이탈리아어, 포르투갈어에선 라틴어 la terra를 지구, 땅, 흙, 대지의 뜻으로 사용하고, 스페인어에선 조금 변형된 la tierra가 그 역할을 하고 있다. 러시아어 земля도 땅이자 육지이며 흙, 지구다. 그리고 그들은 예외 없이 모두 '여성 명사'다.

한국에서 러시아어를 배울 때, 러시아인들은 земля라는 단어를 '어머니 대지'라고도 부른다는 사실을 알게 되었다. 이는 그리스신화에 등장하는 대지의 여신 가이아에 바쳐진 의미와도 상통한다. 지구이자 땅이며 대지에서 태어난 만물의 여신이고 창조의 여신이며, 태초의 모든 생명체의 어머니가 바로 가이아다. 신화상의 족보로는 제우스의 할머니 되시겠다. 그리스신화의 세계관에 따르면 인간은 가이아의 살, 즉 흙에서 나온 존재들이다. 이들 언어 속에 담긴 맥락을 종합해보면 인간에게 지구는 생명의 근원이고 어머니이며 흙이다.

바로 이 대목에서 '라 테흐'라고 발음되는 la terre에 난 무한한 애착을 투사하기 시작했다. 영겁의 세월 동안 잊어왔던, 그러나 다시 알아야만 하는 고귀한 진실의 실타래를 발견한 것처럼.

한국에서 내가 살던 동네의 지하철, 아파트 단지 주변에 가장 많은 상점은 부동산이었다. 모든 부동산의 창문은 매물 광고로 빼곡하게 덮여 있고, 커다란 동그라미 안에 빨갛게 새겨진 '땅'이라는 글자가 문에 박혀 있곤 했다. 땅은 투기를 하고 싶어 하는 사람들의 최애 상품 중 하나였다. "땅을 사야 해." 이 말은 마치 인생을 현명하게 살아가는 비법을 터득한 어른들이 주고받는 주문처럼 사람들 사이에 떠돌았다.

땅장사, 땅부자, 땅투기라는 단어를 통해 접하던 '땅'이란 단어는 숭고함과는 거리가 먼 것이었다. 집에서 지하철까지 가는 길에 도배되어 있던 그 공격적, 파괴적 어휘들을 매일 마주하는 일은 영혼을 조금씩 고갈시키는 일이었다.

땅은, 지구이자 동시에 대지이며 창조의 여신이고 생명의 요체인 어머니와 같은 말이라는 인식을 마주하자 거부할 수 없는 명백한 진실 앞에 서게 된 느낌이었다.

러시아인들처럼 아메리카 원주민들도 땅을 '어머니 대지'라 불렀다. 이들은 하늘을 아버지, 대지를 어머니, 천지 만물을 형제이자 친척으로 여기며 자란다. 백인들이 땅을 팔라고 했을 때, 시애틀 추장은 이렇게 말했다. "우리가 어떻게 하늘을 사고팔 수 있단 말인가? 어떻게 대지의 온기를 팔고 산단 말인가? 상상조차 할 수 없는 일이다. 신선한 공기와 재잘거리는 시냇물을 우리가 어떻게 소유할 수 있으며, 소유하지 않은 것을 어떻게 팔 수 있단 말인가?" 어머니를 팔 수 없는 것처럼 그들은 땅을 팔 수 없었다. 오직 숭배하고 경배하고 사랑할 뿐.

프랑스 보르도 지역에서 오랜 망명 생활을 하다 얼마 전 베트남에서 타계하신 틱낫한Thích Nhát Hanh 스님은 이런 말씀을 남기셨다. "사람이 병이 드는 이유는 대부분 우리가 내 몸에서 분리되어 있거나 지구별의 몸에서 멀어졌기 때문입니다. 그러므로 우리는 어머니 지구에게 돌아가서 꼭 필요한 치유와 영양분을 얻는 수행을 해야 합니다."

유교적 질서가 우리에게 전해온 '남자는 하늘, 여자는 땅'이라는 상하 위계질서를 설파하는 개념과는 사뭇 결이 다른, '어머니 대지'로서의 땅과 지구에 대한 개념이 지구촌 곳곳에 존재해온 흔적은 이후로도 고개를 돌릴 때마다 삶의 굽이굽이에서 찾을 수 있었다. 그 긴 여정에 생텍쥐페리가 있었다.

> Nous n'héritons pas de la terre de nos ancêtres, nous l'empruntons à nos enfants.
> 우리는 우리 조상들로부터 땅을 물려받는 것이 아니다. 우리의 아이들로부터 그것을 잠시 빌려 쓰는 것이다.

La terre nous en apprend plus long sur nous que tous les livres. Parce qu'elle nous résiste. L'homme se découvre quand il se mesure avec l'obstacle.

지구는 세상의 모든 책보다 우리 자신에 대해 더 많은 것을 알려준다. 그것은 우리에게 저항하기 때문이다. 인간은 역경에 맞설 때 자신을 발견한다.

-생텍쥐페리,《인간의 대지》

작가인 동시에 비행기 조종사였던 생텍쥐페리는 상공에서 지구를 바라볼 기회가 자주 있었기에 일반적 현대 유럽인들의 시각과는 다른 인식을 발전시킬 수 있었던 듯하다. 많은 이들이 인간이 지구의 주인이자 지배자라 착각하고, 세상 어디든 인간의 발길이 닿지 않는 곳은 없다고 느끼지만, 하늘에서 바라보면 인간은 지구의 아주 작은 공간을 차지하는 한 개체일 뿐이다.

어린 왕자가 지구에 처음 도착한 곳은 사막이었다. 거기선 인간을 발견할 수 없었다. 누군가 외계로부터 지구에 불시착한다면 사람의 거주지보다 아무도 없는 곳에 도착할 가능성이 훨씬 크다. 육지는 지구 면적의 약 30퍼센트이고, 인간의 거주지가 육지에서 차지하는 면적은 1퍼센트에 지나지 않기 때문이다. 그가 지구의 생명체와 만난다면, 이 또한 사람이기보다 동물이거나

유로화가 등장해 프랑스 화폐 단위였던
프랑화가 사라지기 전인 2002년까지 사용된 50프랑 앞뒷면.
앞면엔 생텍쥐페리와 어린 왕자가,
뒷면엔 그가 몰던 비행기와 어린 왕자가 그려져 있다.

식물일 가능성이 더 높다. 어린 왕자가 사람을 만나기 전에 뱀과 여우를 만났던 것처럼. 지구 바이오매스Biomass*에서, 인간은 지구에 사는 생명체 총량의 0.01퍼센트에 불과하다.

생텍쥐페리는 1944년 지중해를 비행하던 중 행방불명되었고, 여전히 세상은 그의 행방을 알지 못한다. 그리하여 그는 어린 왕자와 함께 불멸의 존재로 세상에 남게 되었다.

* 태양에너지를 받아 유기물을 합성하는 식물체와 이들을 식량으로 하는 동물, 미생물 등 유기체의 총량.

Homéostasie
(오메오스타지: 항상성)

인간이 우주와 하나가 될 때

Homéostasie(오메오스타지: 항상성)*라는 심오한 단어를 만난 곳은 학교였다.

살아오는 동안 분명 스치듯 여러 번 만났겠으나, 마주 앉아 찬찬히 단어를 음미하게 된 것은 지난해 자연의학을 가르치는 학교의 첫 수업에서였다.

고대 그리스의 히포크라테스Hippocrates 의술에서부터 중국의 전통의학인 한의학, 인도의 전통의학인 아유르베다에 이르기까지 세상의 모든 전통의학은 우리 몸이 지닌 자연 치유력에 대한 신뢰에서 출발한다고 교사는 설명했다. 우리 몸은 어떤 상황 속

* 라틴어 homoeostasie에서 온 말로 '유사성'을 뜻하는 homoeo와 '안정성·평형성·조화'를 의미하는 그리스어 stasis의 합성어다.

에서도 환경 변화에 적응해 평형과 조화를 이루는 능력을 가지고 있는데, 이를 몸이 지닌 '오메오스타지'라 부른다 했다.

듣는 즉시 직관에 의해 진리로 접수되는 개념들이 있는데, 나에겐 오메오스타지가 바로 그런 경우였다. 처음 듣는 말이지만, '아!' 하는 감탄사와 함께 검증과 재고의 여지가 없는 진리로 흡수되었다. 어둡던 하늘이 맑게 갤 때처럼 사방에 빛이 번졌다.

히포크라테스는 "인간의 몸 안에는 의사가 한 명씩 있다"는 말로 항상성의 원리를 축약해 설명했다. 고로 자연의학이 하는 일은 우리 몸 안에 있는 의사가 제 기능을 다할 수 있도록 돕는 것일 뿐이다.

예를 들어, 우리 몸은 때때로 열을 낸다. '몸이 열을 낸다'는 것은 내 몸 안의 의사가 몸속에 들어온 독소 혹은 바이러스, 병균과 대적해 물리치고 항상성을 유지하려 애쓴다는 신호다. 어린아이의 경우, 체온이 급격히 오르면 쇼크 상태에 빠져 위험해질 수 있으므로 일정한 해열이 필요하지만, 대부분의 경우 열이 났다고 바로 해열부터 하는 것은 몸속 의사의 일을 방해하는 행위라는 것이다. 이때 해야 할 일은 몸이 행하는 노력을 도와주는 것이다. 우리가 전통적으로 알던 고열, 독감 상태의 해법처럼 생강차 같은 열을 내는 음식을 먹고, 뜨거운 아랫목에 이불 쓰고 들어가 땀을 한 바가지 흘리라는 것이다.

설사도 우리 몸이 유해한 병균을 몸에서 제거하고 항상성을 유지하기 위해 이용하는 수단 중 하나다. 그런데 설사가 나온다고 해서 이것을 약으로 멈추게 하면 설사의 원인은 여전히 몸속에 남게 된다. 결국 몸 안의 의사는 몸 밖 의사의 방해를 받아 작동 불능 상태에 점점 빠져들 수밖에 없다.

자연의학은 이때, 몸이 드러내는 증상을 받아들일 뿐 아니라 때론 그것을 촉구하기도 한다. 자연의학은 몸이 하는 말을 경청하고, 증상을 통해 스스로 표현하고 해결하도록 오히려 응원해 몸이 지닌 자연 방식대로의 해법을 도모한다. 이런 방식은 몸속 의사가 스스로 항상성을 강화해나가도록 돕는다고 한다.

현대사회에 급격히 늘어난 만성질환은 급성 증상들을 반복적으로 제거한 결과라고도 한다. 증상을 없애는 일에 몰두하는 현대의학이 우리 몸의 항상성을 반복적으로 약화시키면서, 결국 만성질환을 키우는 데 기여했다는 것이다. 슬플 땐 펑펑 울어야 하고 기쁠 땐 밝게 웃어야 하며, 분노에 휩싸일 땐 화를 표출해야 하건만 그 모두가 과도한 감정의 표현으로 간주되어 몸 안에 가둬지면서, 우울증의 늪에 많은 이들이 빠져버리는 것처럼 말이다. 그리하여 제 역할을 할 수 없게 된 우리 몸속 의사는 길을 잃거나 고장 상태에 놓인다.

세상의 모든 전통의학이 공유했던 이 원칙에 일말의 의심도 품을 수 없었다. 다만, 어떻게 인간의 신체가 그토록 영리하게 작동할 수 있는지에 대해서는 그저 아득한 경외감을 품는 것밖에 도리가 없었다.

그러다가 이 원리에 대한 이해에 한 걸음 더 들어가는 순간, 오메오스타지에 더 깊이 공감하는 순간을 맞이했다. 기공을 하면서.

약 1년 전부터, 아침마다 동네 공원에서 이웃들과 기공을 하기 시작했다. 말 그대로 기를 다스리는 호흡과 운동법이다. 몸 구석구석 고여 있던 에너지가 온몸을 타고 자유롭게 흐르는 걸 느끼는 기쁨과 더불어, 기공이 내게 준 예상치 않은 또 다른 즐거움은 하늘을 한껏 응시하게 된다는 사실이다. 하늘과 땅, 좌우를 번갈아 바라보며 숨을 깊게 들이마시고 내쉬도록 설계된 열여섯 가지 동작을 따라 몸을 움직이는 동안, 크게 두 가지를 깨달았다.

50년 넘게 사는 동안 한 번도 하늘과 땅을 길게 응시한 적이 없다는 것과 해는 언제나 거기 있다는 사실이다. 하늘을 잠깐씩이나마 바라봤던 시절은 어렸을 때뿐이었다. 어른들이 만들어 놓은 놀이터가 없어도, 차가 다니지 않는 길이나 들판, 산 어디서든 우리는 온몸으로 놀 거리를 찾아 해가 질 때까지 숨이 차도록 놀곤 했다. 어린 시절에 우주 만물은 모두 유희의 대상이자 동무였다.

강산이 네 번쯤 바뀌고, 베트남 스님이 전파했다는 기공을 전수받은 프랑스인을 통해 다시 땅을 딛고 서서 하늘을 바라보게 되었다. 가랑이 사이로 고개를 들이밀어 세상을 거꾸로 구경하는 일도 실로 40여 년 만에 처음 해보았다. '낮달 응시하기'라는 동작은 양팔을 뒤쪽으로 향하고 몸을 앞으로 내밀어 활처럼 몸을 휘게 만든 상태에서 고개를 돌려 하늘에 희미하게 숨은 달을 찾아보는 동작이다.

그때마다 바라보는 하늘의 모습은 한 번도 같지 않았다. 언제나 거기엔 읽어낼 메시지가 있다. 눈여겨볼 만한 아름다움이 있다. 한바탕 먹구름이 지나가고 나면, 해는 한결같은 온기와 빛을 우리에게 전한다. 정확히 나를 조준해 비추며 온기와 찬란함으로 황홀하게 감싸는 그 빛은, 나뿐 아니라 옆 사람에게도 똑같이 스포트라이트를 비춘다. 태양은 지상의 모든 생명체를 주인공으로 만들어준다.

'일조권'이란 건물들이 좁은 공간에 빽빽이 들어차며 생겨난 문명의 산물. 평원의 인디언들은 태양이 모두에게 공평한 빛과 온기를 나눠 준다는 사실을 잘 알았기에, 자연 앞에서 겸손히 몸을 기대어 살아갔다. 단층의 초가집을 짓고 살았던 우리 조상들도 마찬가지다.

하늘을 응시하지도, 땅을 딛지도 않고 철근과 콘크리트 속에 몸을 가두며 살게 된 현대인이 자연으로부터 유리된, 생명체와 사물의 중간 단계에 있는 기이한 존재로 급히 변이되고 있다는 자각이 다가왔다. 기계를 만들어 편리를 도모하던 인간은 기계를 흉내 내는 단계를 넘어 기계와 융합된 존재가 되어간다.

땅에 발을 딛고 시선을 하늘로 향하며 깊게 우주를 호흡하면서, 인간은 지구상의 모든 생명체와 마찬가지로 하늘(태양과 비)과 땅이 낳고 길러준 존재라는 사실을 받아들이게 되었다. 지구상에 살아왔던 거의 모든 인류가 알았던 바로 그 사실을 기공을 통해 반복적으로 길게 응시하고 나서야 깨달았다.

묵직한 구름들이 드문드문 있는 날이면 이번 동작이 끝날 때쯤, 혹은 9번째 동작이 시작될 때쯤이면 해가 다시 모습을 드러내리라 예측할 수 있다. 밤이 찾아오기 전까지 해는 언제나 우리 머리 위에 있다. 때때로 구름이 잠시 해를 가릴 뿐. 당연히 상식으로 알고 있는 것이지만 매일 하늘을 응시하지 않았다면 자각할 수 없었던 사실이다. 비가 여러 날 내려서 해를 못 보는 날이 길어지면 우릴 버리고 어딘가로 가버린 해를 원망하는 심정이 되곤 하던 나는, 해가 바로 내 머리 위에 있다는 사실을 망각하고 있었다.

인간의 몸이 항상성을 가지는 것은 언제나 우리 발아래 땅이 있고, 우리 머리 위에 해가 있다는 사실과 관계가 있다. 지구가 잠시도 쉬지 않고 분주히 자전과 공전을 거듭하며 태양, 달과 함께 생명을 생성하는 조건을 만들어주는 덕에 인간도, 길가의 풀들도, 날아가는 새들도 더불어 살고 있다.

인간의 몸에 항상성이 깃들어 있는 것은 우주가 가진 엄연한 질서와 지혜 속에 우리가 접속해 있기 때문인 것이다. 여기까지 생각하자 안도감이 밀려왔다. 내 아버지가 해이고 내 어머니가 땅이라면, 그리고 나무와 꽃과 새와 나비가 모두 나의 형제라면, 무엇이 두려운가? 무엇이 걱정인가?

> 인간 사회가 자연 현상 앞에서 그 어떤 우월감도 두려움도 갖지 않게 될 때, 인류는 그가 속한 우주와 항상성 속에 있다고 할 수 있다. 인류는 마침내 균형을 이루게 될 것이다. 그들은 더 이상 먼 미래에 대한 목표를 세우지도 않을 것이다. 그들은 현재를 살아갈 것이다. 단순하게.

베르나르 베르베르Bernard Werber가 《상대적이며 절대적인 지식의 백과사전》에서 한 말이다. 이 책을 읽은 지 20년이 지났다.

그러니, 나는 이미 항상성이란 단어를 만난 적이 있고, 내가 지금 하는 생각을 서술한 사람도 마주친 적이 있다. 그러나, 이제서야 그들을 제대로 만난다. 당시 '나'라는 토양 속엔 베르나르 베르베르가 건넨 생각의 씨앗을 싹 틔우고 키워낼 양분이 갖춰져 있지 않았기 때문이다.

그는 항상성이 작동할 수 있는 조건에 좀 더 섬세하게 다가갔다. 인간이 자연 앞에서 두려움도 우월감도 거두게 될 때, 그것은 완벽히 작동할 수 있다는 그의 생각에 완전히 동의한다.

인류는 어느 순간부터 자연을 자신과 동떨어진 존재로, 그리고 제압해야 할 혹은 이용해야 할 대상으로만 여겨왔다. 자연을 제압해온 인간은 그 자리에 문명이란 이름의 성취를 남겨왔으나, 동시에 가파르게 계급 간의 갈등과 고통을 빚어냈다. 거리에 차가 많아질수록, 일상의 속도가 빨라질수록, 아파트의 층수가 높아질수록 우린 점점 더 자연에서 멀어졌다. 지금 대다수의 인류는 항상성의 가능성에 대해 까마득히 잊은 듯하다.

그러나 누구든 꼼짝없이 한 시간 정도 마주 앉아 이 단어를 마주하고 그 뜻을 새긴다면, 맨발로 땅을 딛고 서서 하늘을 차분히 응시한다면, 물기를 머금은 딱딱한 씨앗이 마침내 껍질을 뚫고 싹을 피워내듯, 생명체로서의 본질에 다가가는 이치를 깨닫게 될 것이다.

세상의 어떤 말들은 여러 해 공을 들여 품고 있어야 비로소 만나고, 친해지고, 내 것이 된다.

Tous les mécanismes vitaux, quelques variés qu'ils soient, n'ont toujours qu'un but, celui de maintenir l'unité des conditions de la vie dans le milieu intérieur. (···) *L'homéostasie* est la capacité que peut avoir un système quelconque à conserver son équilibre de fonctionnement en dépit des contraintes qui lui sont extérieures.

모든 생명체의 메커니즘은, 그것이 무엇이든 단 한 가지의 목표, 즉 생명체 내부 환경에서 생활 조건의 조화를 유지한다는 목표만을 가지고 있다. (···) 외부 환경의 끊임없는 변화에도 불구하고 상대적으로 안정적인 상태를 유지하는 유기체의 능력을 항상성이라 부른다.

-클로드 베르나르 Claude Bernard(의사, 생리학자, 오메오스타지 개념의 창시자)

Bonjour
(봉주르: 안녕하세요)

순간을 어루만지는 온기

토요일 이른 아침, 집을 나섰다. 쌀쌀한 거리엔 간밤의 흥청거림이 떨군 흔적이 나뒹굴 뿐 아직 인적이 없다. 모퉁이를 돌자, 저 멀리 누군가 움직인다. 오늘 처음 마주치는 사람은 거리의 청소부다. 문명은 쓰레기를 만들었고, 쓰레기는 쓰레기통과 청소부라는 직업을 낳았다. 이 동네 사람들이 집을 나서며 거리에서 상쾌함을 느낄지 말지는 그의 손에 달려 있다. 누구보다 일찍 일어나 '문명'의 찌꺼기를 거두는 그에게 고마움을 느낀다. 그에게 감사하는 맘을 전하고자 옅은 미소와 함께 가벼운 목례를 한다. 나의 희미한 인사를 받은 그는 무심한 표정으로 "bonjour(봉주르)"로 화답한다. 마치 "이럴 땐 '봉주르'라고 말해야죠"라며 내게 가르쳐주는 것처럼. 그럴 때 내가 아직도 배우지 못한 프랑스어가 봉주르임을 실감한다. 내 발자국이 나를 너무 멀리 데려가기 전에 나도 다급히 봉주르로 화답했다.

아이를 데리고 치과에 갔다. 문을 열고 들어서자 앞서 차례를 기다리는 두 사람이 소파에 앉아 있다. 그들은 차례로 내게 "봉주르"라고 말한다. 난 한 발자국 늦게 그들에게 내 몫의 봉주르를 전한다. 우연히 같은 장소에서 잠시 머무르게 된 낯선 사람들이 서로에게 최소한의 예의를 표하는 방식으로서의 봉주르다. '나는 사회에서 통용되는 적절한 예의범절을 지닌 사람이니 안심하시라.' 혹은 '당신이 이 공간에 들어왔다는 사실을 인식하고 있다. 어서 오시라. 잠시 공동의 운명을 갖게 된 낯선 이여.' 서로가 전한 봉주르는 치과라는 공간이 주는 긴장을 한 템포 누그러트려준다.

오랜만에 산에 올랐다. 파리에서 400킬로미터 떨어진 곳에 드넓게 펼쳐진 화산 분화구 지대에는 80개의 크고 작은 봉우리가 흩어져 있다. 그 산에 오르다 마주치는 사람들은 서로에게 인사한다. 봉주르, 봉주르, 봉주르… 끝없이 봉주르가 이어진다. 산행에는 약간의 위험이 따르기도 하고, 산을 오르는 이들은 일상을 떠나 일제히 낯선 경험을 하는 중이기도 하다. '당신도 나처럼 산에 왔군요. 즐겁기도 하지만 조금은 힘들기도 하죠. 나는 당신의 고달픔과 설렘을 이해해요. 우리 모두 무사히 산행을 마치자고요' 하는 마음으로 봉주르를 건넨다.

가파르게 숨을 고르면서 건네는 봉주르, 산을 오르내리면서 지나치는 사람들이 그 순간 공유한 인연에 따뜻한 햇살을 들이며 어루만지는 봉주르다.

슈퍼마켓에 간다. 물건을 고른 후 계산대에 서면, 손님과 계산원은 거의 동시에 서로에게 봉주르를 건넨다. '우린 서로 일상적이고 기계적이며 반복적인 행위를 위해 잠시 대면하고 있지만, 서로를 인간의 온기로 대해요.' 그런 사소하지만 가볍지 않은 의미가 계산대에서 주고받는 봉주르 안에 흐른다. 비록 누군가는 기계처럼 봉주르를 내뱉을지라도, 그 작은 기계적 봉주르조차 이런 소금 한 꼬집만 한 성의가 담겨 있고, 그만한 효과를 낸다.

《슬픔이여 안녕》이라는 제목으로 한국에 소개된 프랑수아즈 사강Françoise Sagan의 첫 소설의 원제는 'Bonjour tristesse(봉주르 트리스테스)'다. 봉주르는 만날 때 하는 인사말이고, 트리스테스는 슬픔을 뜻한다. 슬픔을 떠나보내며 하는 말이 아니라 슬픔을 맞이하며 하는 말로, 폴 엘뤼아르Paul Éluard의 시 〈약간 일그러진 얼굴A peine defigurée〉의 두 번째 행에 나오는 표현이다.

그 시는 이렇게 시작된다.

Adieu tristesse,

Bonjour tristesse.

Tu es inscrite dans les lignes du plafond.

Tu es inscrite dans les yeux que j'aime.

잘 가거라 슬픔,

어서 오라 슬픔.

너는 천장의 선에 새겨져 있다.

너는 내가 좋아하는 눈 속에 새겨져 있다.

슬픔이 지니는 처연한 아름다움을 노래한 엘뤼아르의 시와 마찬가지로, 프랑수아즈 사강은 자신을 떠나지 않는 낯선 감정에 '슬픔'이라는 이름을 붙이며 반갑게 인사를 건네고 있으나, 번역이라는 필터를 통과하며 소설의 제목은 슬픔과 나누는 작별 인사처럼 변모했다. 번역은 필연적으로 반역이란 말에 동의할 수밖에 없는 경우다. '안녕'은 만남과 이별에 동시에 사용할 수 있는 편리한 우리말이지만, 슬픔에 더해진 호격조사와 '안녕'이 놓인 위치는 어쩔 수 없이 슬픔과의 이별을 의미하는 말로 귀결된다. 그럼에도 이미 하나의 고유명사가 되어버린 이 유명한 소설의 제목은 모순인 채로 계속 존재한다.

프랑스인들은 bon(좋은)과 jour(날)를 합성해 한 단어로 만들어버렸다. 우리가 서로 마주한 오늘은 기필코 좋은 날이어야 하며, 우린 서로에게 좋은 하루를 축원해야 한다는 생각을 한 단어로 만들어버리는 걸로 실천했다. 심지어 그 대상이 '슬픔'일지라도! 다음엔 반드시 내가 선빵(?)을 날려야 한다고 생각하면서도 언제나 실패하고 마는, 내게 가장 어려운 프랑스어, 봉주르다.

L'amour est simple comme le *bonjour*.

사랑은 봉주르처럼 단순한 것.

-자크 프레베르 Jacques Prévert(시인, 시나리오 작가)

Résilience
(레질리앙스: 탄성, 복원력)

바퀴 아래 짓눌렸던 인생일지라도

Résilience(레질리앙스: 탄성, 복원력)란 단어가 생명력과 직결된다는 사실을 열일곱 살 때 실증적으로 경험한 바 있다. 그때 아빠의 신장이 고장 났다. 그 시절, 유난히 창백하던 아빠의 다리는 부어 있었고, 피부를 손으로 누르면 튀어 올라 제 모습으로 돌아오는 대신에 움푹하게 파인 채 그대로 머물러 있었다. 고장 난 신장은 아무것도 걸러내지 못하고 음식물의 모든 양분을 그대로 소변으로 흘려보냈다. 특히 제거되지 못한 나트륨은 다리를 붓게 했다. 그런 다리를 갖게 된 아빠는 얼마 지나지 않아 세상을 떠났다. 탄성이란 단어가 그토록 절실하게 생명과 맞닿아 있음을 설득해주는 장면은 다시 찾을 수 없을 것 같다. 육체적으로 탄성을 잃은 몸이 생명을 잃고 있는 상태를 입증하는 것처럼,

정신적 상처를 회복하지 못하고 그 속에 주저앉는 사람은 성장할 수 없음은 물론 온전히 살아 있을 수 없다.

아빠가 돌아가신 후 남겨진 엄마와 3남매는 한동안 한쪽 벽이 허물어진 집에 남겨진 듯한 상실감을 겪었으나, 그 무너진 벽으로 들어온 바람은 뼛속에 스미며 새로운 양분을 삶에 전했다. 인생의 항로 속엔 희, 로, 애, 락이 때로는 가혹한 리듬으로 뒤죽박죽 다가올 수 있다는 사실을 담담하게 받아들여야 했다.

열일곱에 아빠를 잃은 것보다 100배쯤 가혹한 시련을 다섯 살의 나이에 겪었던 프랑스의 신경정신의학자 보리스 시륄니크Boris Cyrulnik는 자신의 경험을 바탕으로 복원력résilience 이론을 평생에 걸쳐 발전시킨 사람이다.

보리스 시륄니크는 나치의 광기가 덮친 불행에 질식하지 않고 살아남은 유대인의 삶을 추적했고, 거기에서 하나의 패턴을 발견한다. 깊은 고통, 참혹한 불행은 더 높이 뛰어오를 수 있는 더 커다란 탄성력을 인간에게 제공한다는 것이다. 그는 《불행의 놀라운 치유력》(원제는 Un merveilleux malheur, 직역하면 '경이로운 불행'이다)에서 복원력이 작동하는 방식을 이렇게 설명한다. 2차 세계대전이 끝난 후 살아남은 유대인 그룹 중, 어린 나이에 레지스탕스로 활동한 그룹은 우울증을 겪지 않았는데, 이는 피해자가 아닌 '투쟁한 전사'라는 자의식이 그들을 보호한 것이라고 한다. 또 흥미로운 사실은, 우울증을 가장 심하게 겪은 집단이 다섯 살 무렵에 수용소로 끌려간 아동 그룹이었는데, 이들이 사회적으로 가장 크게 성공을 거두고 가정에서 깊은 행복을 누린 집단이었다는 것이다. 자신이 받은 극심한 상처를 극복하기 위해 '행복'에 과잉투자를 하지 않을 수 없었던 것이다.

동유럽계 유대인으로, 나치하에서 온 가족이 죽고 홀로 살아남은 아이였던 그는 프랑스 정신의학계의 살아 있는 전설이다. 내가 프랑스에 왔던 첫해부터 오늘까지 그의 신간이 서점가에 놓여 있지 않은 해는 없었다. 프랑스의 모든 서점, 도서관, 라디오, 유튜브 어디서든 프랑스인들은 이 부지런한 신경정신의학자가 세상을 향해 쉼 없이 남겨놓은 메시지를 접할 수 있다. 1937년에 태어난 그는 오늘날에도 여전히 신간을 내고, 유머가 섞인 나긋한 목소리로 세상을 향해 치유의 언어를 전한다. 아우슈비츠에서 삶을 일찍 마감한 가족들의 몫을 대신 살아내려는 듯 그는 스스로 복원력의 화신이 되어 살아가고 있다.

그가 전하는 치유의 핵심은 복원력에 있다. 물리학에서 사용하는 이 단어를 인간의 정신에 적용하여, 바퀴 아래 짓눌렸던 인생일지라도 다시 튀어 올라 더욱 맹렬한 생명력을 가지고 생의 환희를 향해 전력 질주하게 되는 원리를 설명한다. 비틀어진 수도꼭지처럼, 다시는 물이 쏟아져 나올 수 없을 줄 알았던 곳에서 물이 콸콸 쏟아지고, 그 물로 발이 적셔지는 기적이 생긴다. 그가 설파하는 복원력 이론을 통해 지독한 불행은 불행의 강도만큼 더 높게 튀어 오를 수 있는 거대한 탄성의 힘을 획득하게 해, 무한한 희망과 가능성으로 화할 수 있다는 사실을 발견했다. 마치 동굴 끝에서 보물을 발견한 듯 눈앞이 환하게 밝아졌다.

레지스탕스 활동을 했던 까닭에 가질 수 있었던 전사의 자의식으로 우울증을 피한 이들은 성장한 이후 소박한 인생을 살았던 반면, 극심한 우울증을 겪었던 그룹에서 눈부신 인생의 성공과 극적인 변신을 했던 경우가 많았던 것은, 우울에서 탈출하기 위해 투자했던 에너지가 그를 더 멀리 뛰게 했기 때문이다. 불행의 폭격을 받아 납작해졌던 삶을 복원시키기 위해 다시 일어서야 했던 사람들에겐 초인적 힘이 요구된다. 그들을 일으켜 세운 초인적 에너지가 그들을 더 먼 삶의 극단을 향해 달리게 한 것이다. 바닥을 치고 나면 더 높이 도약할 수 있다. 기꺼이 그 바닥을 헤치고 튀어 오르고자 한다면.

La *résilience*, c'est l'art de naviguer dans les torrents.

복원력은 격랑 속에서 항해해가는 기술이다.

-보리스 시륄니크

Bouder

(부데: 삐지다)

애정 결핍의 신호

프랑스어를 처음 배우던 시기, 프랑스어에 혹시 '토라지다'라는 단어가 없으면 어쩌나 내심 두려워했다. 어쩐지 삐지는 것이 인류 보편의 정서는 아닐지도 모른다는 은근한 우려가 있었다. 혹 그 단어가 있더라도 내가 아는 그것과는 조금 거리가 있는 말이 아닐까 싶기도 했다. 파리엔 모기가 없을 거라 상상했다던 한 지인처럼. 파리에 와서 친구가 된 이곳 교민에게 삐지는 게 프랑스어로 뭔지 물었더니, 대뜸 bouder(부데)라는 단어를 알려줬다. 두 입술을 비죽 내밀며 발음해야 하는 이 동사가 한 치의 오차 없이 토라짐의 정서를 표현해주고 있음을 알고 안도했다. 이 단어가 없으면 내 일상이 지장받을 것처럼. 마치 내가 온전히 표현되지 못해서 반쪽이 될 것처럼 말이다.

얼마 전 오랜만에 '삐질까 말까?'를 잠시 고민했다. 대략 15초 만에 삐지지 않기로 했다. 토라짐은 제법 에너지와 인내심이 수반되는 행위여서, 그것을 바칠 만큼의 효용이 예측 가능해야 취할 수 있는 전략이다. 그렇지 않다면, 마음을 내려놓는 편이 실리적이다. 더구나 상대는 내가 토라짐을 드러낼 만큼 친밀한 사이가 아니라는 생각에 미치자 결론은 쉽게 나왔다.

그러고 보니 예전엔 왜 그토록 습관적으로 삐졌던 건지, 내 오랜 속옷 같은 토라짐의 정서를 되짚어보게 되었다. 삐진다는 건 상대가 나의 삐짐을 알아보고 달래주길 바라는 마음, 입이 비죽 나오고 티 나게 골이 난 상태다. 주로 침묵으로 표현되는 토라짐은, 내가 미세하게 화나 있는 것을 상대가 알아차리길 바라는 마음을 전제로 시작된다. 애정 결핍 상태의 사람이, 자신이 의지하는 사람으로부터 애정을 충분히 받지 못한다고 느낄 때, 애정의 확인을 요구하며 긴급신호를 보내는 방법이다. 애정을 구하지 않는 대상이 나한테 잘못 처신한다면, 그를 판단할 뿐 삐지는 일은 없다.

어릴 때, 난 걸핏하면 삐지는 아이였다.

엄마를 향해 '내게 좀 넉넉히 사랑을 주세요. 당신의 사랑을 의심하지 않을 수 있게 말예요' 하며 늘 보챘다. 밥상머리에 온 식구가 둘러앉을 때면 등 돌리고 앉아 있기 일쑤였다. 내 밥그릇

위에 엄마가 맛있는 반찬을 잔뜩 올려놓으면 그제서야 뒤돌아 앉아 밥을 먹곤 했다. 가족들이 함께 찍은 사진 중에, 내가 빠진 사진들이 종종 있다. 그 사진들은 내가 대대적으로 토라졌던 날들을 증명해준다. 나는 부모의 부주의함으로 마음이 상했고 사진에서 빠지는 걸로, 부모 말을 거역하며 내 작은 분노를 드러냈다. 난 집안에서 가장 불리한 자리를 배정받고 태어난 아이(언니와 남동생 사이에 낀 둘째 딸)였고, 그렇게 매 순간 확인하지 않으면 안 될 만큼, 집안에서 내 존재 이유가 불분명해 보였던 것이 오랜 토라짐의 이유였다.

삐짐의 상태는 "너 삐졌니?"라는 상대의 말을 들으며, 상대가 제 잘못을 석고대죄 하(는 척하)고 내 마음을 풀어줄 때 해제된다. 토라짐은 애정 결핍 해소의 단기적 전략이다. 그런 상황이 고질화되어 삐지는 것으로는 해결되지 않으면 사람들은 더는 삐지지 않는다. 담을 쌓거나 굴을 파거나, 그 고통의 라운드를 떠난다. 수시로 토라지는 사람 옆에 사는 것도 괴롭지만, 삐지는 사람도 괴롭다. 삐짐을 해제하는 상황은 상대가 내 맘을 헤아리고 너그럽게 애정을 드러낼 때만 찾아오기 때문이다. 내가 마침내 이 고통의 굴레에서 벗어난 것은, 나의 불안한 위치가 내게 일정한 자유를 제공한다는 놀라운 장점을 발견하면서부터다. 사춘기 때 읽었던 여러 책이 가족이란 세계 밖에 넓은 세상이 있다는 걸 알려준 것도 큰 도움이 됐다. 나는 부모의 고삐가 날 더 강하게 조여주길 바라기보다, 느슨함을 다행히 여기는 쪽으로 점차 생각을 바꿔갔다.

> 삐짐은 사랑하는 사람으로부터 이해받지 못한 이가, 상대를 향해 보내는 소리 없는 외침이다. 삐짐의 핵심에는 자존감의 결핍과 권력 관계가 자리하고 있다. 삐진 사람은 상대가 마치 존재하지 않은 것처럼 시선을 피하고 대화를 단절하면서, 자존심이 상처받았음을 드러내는 방식으로 관계의 주도권을 되찾으려 한다.

마리프랑스 시르Marie-France Cyr라는 심리학자가 쓴 《삐지지 마 Arrête de bouder!》에선 삐짐의 심리학을 이렇게 설명한다.

그녀가 지적했듯, 삐지는 사람은 애정을 더 갈구한다는 측면에서 관계에서 약자의 위치에 있는 사람이다. 하여 삐짐은 주로 아이가 친구 혹은 부모를 상대로 하는 행동이다. 부부나 연인 사이에서도 상대를 더 많이 좋아하는 사람들, 애정의 확인을 필요로 하는 사람들이 하는 행동이다.

프랑스에서도 삐짐은 엄마가 아이에게 "Tu boudes(튀 부드: 너 삐졌니)?" 하고 물으며, 방구석을 향해 한사코 몸을 돌리는 아이를 안아주는 데서 끝나지만, 이 나라 엄마들은 굳건히 이성에 호소하는 과정을 거친다. 아이가 아무리 어려도 무릎에 앉히기 전에, 얼굴을 마주 보고 화나지 않은 목소리로 아이에게 게임의 규칙을 단단한 어조로 설명한다. 온 국민이 자녀 교육 현장을 암기라도 한 듯 똑같이.

허구한 날 삐지느라 인생의 많은 시간을 낭비했던 나는, 열여덟 살 평생 좀처럼 삐지는 모습을 보인 적이 없는 딸에게 물은 적이 있다.

"넌 잘 안 삐지더라? 친구들이랑 삐지는 적 있어?"

아이는 이렇게 답했다.

"그럴 시간도, 에너지도 없어. 서운한 게 있으면 시간이 지나가도록 놔둬. 그럼 저절로 해결돼."

엄마가 반세기 걸려 터득한 것을 아이는 한마디로 정리했다. 21세기 프랑스인다운 간결한 합리주의로.

그런가 하면, 작가 폴 발레리Paul Valéry는 자신의 저서 《나침 방위Rhumbs》에서 이런 말을 했다.

> L'idéal est une manière de bouder.
>
> 이상은 (현실에 대해) 삐지는 하나의 방식이다.

현실에 만족하지 못한 인간들, 현실 속에서 사랑도 성취도 누리지 못해 토라진 인간들이 찾고, 건설하고자 하는 것이 이상의 세계라는 것이다. 폴 발레리식으로 보자면, 삐짐은 극복해야만 하는 미성숙한 인간의 태도만이 아니라, 역사 발전의 한 동력이었다고도 할 수 있겠다. 과연 예술가는 보이지 않는 세계의 질서를 창조해내는 사람이다.

2부

생각을 조각하는 말

Épanouissement

(에파누이스망: 개화)

자아가 만개하는 경이의 순간

프랑스어에서 가장 '경이로운' 단어를 고른다면, "에파누이스망"이라 읽는 épanouissement을 주저 없이 꼽을 수 있다. 이 단어를 말하는 사람들의 표정에서 한결같이 '경이로움'이 읽히기 때문이다. 그러나 동시에, 가장 번역하기 난감했고 오늘도 여전히 뭐라고 우리말로 옮겨야 좋을지 알 수 없는 단어다.

사전이 말해주는 이 단어의 첫 번째 뜻은 개화開花다. 꽃이 넉넉한 습기를 머금고 충분한 햇빛을 받아 만개하는 일을 가리킨다. 그러나, 일상에서 에파누이스망을 활짝 피는 꽃을 위해 사용하는 경우는 거의 없다. 행복으로 충만해진 자아, 얼굴은 발갛게 물들고 눈빛은 영롱하게 빛나며 만족감으로 가득 찬 상태, 자아가 발현되는 궁극의 기쁨에 사로잡힌 사람을 향해 바쳐지는 단어다. 물고기가 드디어 물을 만난 듯, 미운 오리 새끼가 자라 백조가 된 자신의 모습을 발견한 듯, 타고난 소명을 발견하고 발휘하며 자유롭게 세상을 유영하는 만족감을 누리는 사람, 그 순간을 뜻한다.

유학생 시절, 연극학교에 다니던 친구는 자신이 학교에서 했던 연극 연습 광경을 묘사하며 "On était tous épanouis!"라고 말했다(épanouir는 épanouissement의 동사원형이고 épanouis는 형용사처럼 쓰인 과거분사형이다). 그녀의 말을 '우린 모두 완전히 몰입해서 몰아의 상태였어. 너무 행복했어'라고 나는 이해했다. 그녀의 표정이 모든 것을 설명해주었기 때문이다. 한국인이던 그녀는, 이 대목에서 épanouir를 대체할 다른 한국말을 찾을 수 없었다. "우리는 모두 꽃이 활짝 폈어"라고 말할 수는 없었을 터이니.

딸아이가 여덟 살 때 도자기 공예를 배운 적이 있었다. 첫 번째 수업을 2시간 동안 받고 나오는 아이를 데리러 갔을 때 아이는 기쁨으로 크게 고무되어 있었고, 형형한 눈빛으로 내게 이렇게 말했다.

"엄마, 나 이거 내일도 하고 싶어. 평생 하고 싶어."

아이 뒤에 서 있던 선생님은 내게 이렇게 말했다.

"Elle s'est complètement épanouie(아이가 완전히 몰두해서 기쁨

으로 가득 차 있었어요).”

선생님은 épanouir를 써서 아이의 상태를 묘사했고, 나는 아이와 선생님의 모습을 통해 épanouir가 무엇인지 다시 한번 온몸으로 느낄 수 있었다.

그날 이후로도 몇 번 더 아이에게서 같은 얼굴을 발견할 수 있었다. 아이가 카사블랑카의 한가로운 겨울 해변에서, 뜨거운 한여름의 해운대에서 바다와 뛰어놀 때, 파리 보주 광장에 있는 빅토르 위고의 집에서 그의 시를 낭송하고 목판화로 표현했을 때, 자전거를 타고 뱅센 숲을 처음 질주할 때, 아이 얼굴에서 다시 에파누이스망이 흐르는 것을, 무아지경에 빠진 듯한 얼굴에 기쁨으로 흔들리는 눈빛이 번지는 모습을 보았다.

아이가 품고 태어난 꽃봉오리들이 적절한 조건을 만나 스스로 만개하는 모습을 지켜본 순간, 부모가 자식을 위해 해야 할 일은 아이가 이런 상황을 자주 만나게 해주는 것이구나 생각했다.

흥미로운 사실은 프랑스에 와서 에파누이스망이란 단어만 알게 된 것이 아니라, 이 단어를 통해 이러한 인간의 상태가 존재한다는 것을 발견했다는 사실이다. “내가 그의 이름을 불러주었을 때 그는 나에게로 와서 꽃이 되었다”는 시인의 말처럼, 인간의 가능성이 만개했을 때의 희열을 묘사하는 단어가 존재함으로써, 우리는 그 상태를 알아볼 수 있게 되는 것이다. 1년에 한

두 번, 혹은 수년에 한 번, 그러니 아주 가끔, 나는 에파누이스망을 경험하는 나와 타인을 목격한다. 그것은 마치 하늘에 걸린 무지개를 보는 것처럼, 축복 같은 '경이'의 순간이다.

꽃이 피어나는 순간을 개화라 부르는 것은 프랑스어와 한국어 모두 마찬가지다. 그리고 실제 쓰임새에서 생물학적인 1차적 의미보다, 인간사에 적용되는 추상적 의미로 더 넓게 쓰인다는 점도 같다.

그러나 한국어 '개화'를 프랑스어 에파누이스망의 의미로 사용하지 않는 것은, 우리 뼛속 깊이 새겨져 있는 역사적 상처와 그 말이 맞닿아 있기 때문이 아닌가 싶다.

《한국민족문화대백과사전》에 따르면, '개화'는 《주역》의 "개물성무 화민성속開物成務 化民成俗"에서 취한 용어다. 모든 사물의 지극한 곳까지 깊이 파고들어, 일신하고 또 일신해서 새로운 것으로 백성을 변하게 한다는 뜻이다. 한자어 開化(열: 개, 될: 화)와 開花(열: 개, 꽃: 화)는 동의어이기도 하다. 전자가 사회적 의미의 변화라면 후자는 개별적인 성장에 더 무게가 실려 있다.

개화사상은 조선 후기의 실학사상을 계승하고 중국으로부터 들여온 서양사상의 영향을 받아 형성되었던 사상이었으나, 개화사상가들은 일신하고 또 일신해 온 백성을 변하게 하고 풍속을 바꾸는 데 이르지 못했다. 그래서 우리의 개화는 스스로 핀

꽃이 아니라 강제로 당한 개화가 되었다.

개화기는 일제에 의해 강제 개항해야 했던 1876년 강화도조약 이후부터 주권이 강탈된 1910년까지, 능욕의 시기였다. 임오군란, 갑신정변, 갑오경장, 을미사변, 아관파천, 을사조약 등으로 이어진 당시 역사는 온통 베이고 찔리고 무릎 꿇는 고통의 시간이었다. 고로, "서양 문물의 영향을 받아 봉건적인 사회 질서를 타파하고 근대적 사회로 바뀌어간 시기"라는 개화기에 대한 사전적 서술은 왜곡되었다. 우리의 개화는 전적으로 수동태였기 때문이다.

꽃이 스스로 피어나면 개화라 부를 수 있지만, 외압에 강제로 꽃잎이 벌어지면 그건 수탈이고 겁탈이다. 그런 외상을 입은 자아는, 온전히 치유받기 전엔 건강하게 성장하는 데 많은 어려움을 겪는다. 치유받지 못한 사회의 트라우마는 세대를 통해 전해진다. '개화'라는 어휘 주변에 어른거리던 측은하고 서글픈 정서는 겁탈당해 강제로 열리던 꽃잎의 설움이 아직도 우리에게 앙금처럼 남아 있음을 의미하는 건 아닐까? 개화라는 어휘가, 만개해 환하게 빛나는 자아를 형상하지 못하는 것도 같은 이유일 듯하다. 말이 한 시대를 거치는 동안 치명적 상처를 입으면, 그 말이 담고 있던 정신이 훼손, 왜곡되거나 사라지기도 한다.

프랑스 아동 교육과 어린이 정신의학 분야의 선구자인 프랑수아즈 돌토Françoise Dolto 박사는 이렇게 말한 바 있다.

> 모든 인간 공동체는 하나의 공동 목표를 가지고 서로 소통하고 협력하며 연대한다. 그 목표는 서로의 다름을 존중하는 속에서 피어나는 각 개인의 피어남, 즉 에파누이스망이다.

어린이를 완전한 인격체로 대우하고, 각자가 가진 소명을 발현할 수 있도록 돕는 것을 어린이 교육의 근본 토대로 삼았던 그녀의 교육심리 철학은, 오늘날 프랑스 사회 부모들이 공적 자산으로 지니고 있는 자녀 교육의 토대이기도 하다.

프랑스의 사회주의 정치인 장 조레스Jean Jaurès에게도 에파누이스망은 인간 사회가 도달해야 할, 궁극의 이상이었다.

> 우리가 도달해야 할 이상이란 무엇인가? 그것은 인간 영혼의 만개함이다. 인간의 영혼이란 무엇인가? 그것은 자연의 가장 높은 곳에 위치한 꽃망울이다.

장 조레스가 이 말을 한 19세기에서 지금에 이르기까지, 에파누이스망이란 어휘에 담긴 영롱한 이미지가 변질되지 않고 공동체에 의해 온전히 간직되고 있음을 볼 수 있다.

고통의 역사 속에서 손상된 어휘로 인해, 그 가치 자체를 상실했음을 에파누이스망이라는 어휘를 응시하는 동안 깨닫게 되었다. 우리는 역사적 맥락 속에서 왜곡되고 박제된 개화를 대신해, 인간 영혼의 꽃피움을 지칭할 새로운 단어를 찾아 나서야 할까? 아니면, 개화에 스며든 어두움을 떨쳐내고 그 본래의 넓고 환한 의미를 되살려내야 할까?

1945년 일제로부터 해방이라는 역사적 사실에 붙들려 있던 '해방'이 드라마 〈나의 해방일지〉(2022)의 성공에 힘입어 개인적 해방의 의미로 확장되는 물꼬가 트였듯, 구한말에 머물러 있는 이 안타까운 어휘 또한 새로운 옷을 입고 날개를 펼칠 날이 오길 기다린다.

Exception culturelle

(엑셉시옹 퀼튀렐: 문화적 예외)

칸영화제에 울려 퍼진 일성

세상의 모든 가치가 경제적 가치 앞에서 하나둘 투항하며 패배를 선언하고, 한국 사회는 '부자 되세요'라는 광고 카피가 새로운 시대의 덕담으로 등장하던 20세기 말, 먼 곳에서 날아온 두 단어 'exception culturelle(엑셉시옹 퀼튀렐: 문화적 예외)'이 눈에 들어왔다. 그것이 의미하는 바를 선명하게 알진 못했지만, 다 내주어도 이 하나의 고지만은 뺏기지 않겠다는 뿌리 깊은 긍지 같은 것을 이 어휘는 풍기고 있었다. 그것은 막연히 머릿속으로 그려오던, '조금 다른 논리로 굴러가는 사회'의 복음처럼 들렸다. 그 복음을 따라 우여곡절 끝에 당도했던 곳이 프랑스였다.

'문화적 예외'를 말하는 사회의 모습은 어떤 것일까? 어떤 역사적 배경을 가진 동네이길래, 문화적 예외를 말하며 그걸 지켜갈 수 있는 것일까? 그 속에 사는 사람들에겐 어떤 생각이 스며 있을까? 이 모든 궁금증을 충족시키는 것이 초기 프랑스 체류의 목적이었다.

때는 30년 전으로 거슬러 올라간다. 1993년, 미국 대자본이 '신자유주의' 질서 속으로 온 세상을 끌고 들어가려고 마련한 공식 관문이었던 우루과이라운드 협상에서, 프랑스는 문화 상품을 교역 대상에서 제외해야 한다며 감히 미국에 반기를 들었다.

'문화는 한 국가와 사회의 정체성을 담는 그릇이며 일반 상품들과 다른, 대체 불가능한 차별성을 가지고 있기에, 자유무역의 대상에서 제외되어야 한다'는 소위 '문화적 예외의 원칙'은 자유무역에서 문화 영역에 대한 예외 규정을 만들고자 했던 프랑스의 매력적 무기였다. 이 말은 등장하자마자 미디어의 축복과 영화계 스타들의 지지를 받으며 미국의 논리(즉 자본 앞에 일제히 꿇으라는)에 효과적으로 맞섰다. 태풍처럼 막강해 보이던 자유무역이란 시대 흐름에 맞설 만한 설득력이 그 안에 담겨 있었다.

당시 프랑스는 미테랑François Mitterrand 정권 2기를 보내고 있었다. 사회당의 간판을 여전히 달고 있었으나, 미테랑 정부는 레이건Ronald Reagan과 대처Margaret Thatcher가 주도하던 신질서에 뒤질세라 민영화에 박차를 가하던 중이었다. 문화적 예외는 미테랑하에서 13년간 문화부 장관을 지낸 자크 랑Jack Lang의 문화부가 만들어낸 논리이나, 자크 랑 개인의 탁견이 뚝딱 생산해낸 것은 아니다.

일찍이 15세기부터 국가가 예술가들과 끈끈한 관계를 형성해왔던 것이 프랑스의 전통이다. 이탈리아 예술가 레오나르도 다빈치Leonardo da Vinci를 프랑스로 불러와 저택과 연금을 내리고, 그와 가까이 교류했던 계몽 군주 프랑수아 1세François Ier에게서 그 첫 모습을 발견할 수 있다. 태양왕 루이 14세Louis XIV에게도 예술은 중요했다. 당대 최고의 극작가이자 배우였던 몰리에르Molière의 극단을 궁정으로 초대해 공연할 자리를 마련해주고, 그가 마음껏 세상을 풍자하며 창작할 수 있게 제도적으로 지원했다. '몰리에르의 집'으로도 불리는 코메디프랑세즈Comédie-Française 극장은, 지금도 파리 중심가에 우뚝 서서 프랑스의 전통 레퍼토리를 주로 공연하는 국립극장으로 기능한다. 이는 루이 14세의 의지로 지어진 국립 공연장이다. 파리 오페라Opéra de Paris 극장의 발레리나들이 40세에 은퇴하고, 그때부터 연금을 받을 수 있는 제도를 설계한 것도 루이 14세 때의 재상 콜베르Jean-Baptiste Colbert가 실시한 일이었다.

문화에 대한 사랑은 혁명 세력도 마찬가지였다. 루브르 박물관은 혁명 이전까지 왕실이 수집해오던 예술품의 보관소였다. 1789년 혁명과 함께 시민에게 무료로 개방되면서, 모든 시민이 누릴 수 있는 박물관으로 태어났다. 1936년 좌파연합인 인민전선 정부가 정권을 잡았을 때도 대중의 문화적 욕구에 화답하기 위한 문화정책이 쏟아져 나왔고, 2차 세계대전 중 정권을 잡은 레지스탕스 임시 정부도 국민들의 문화적 권리를 교육에 관한 권리와 마찬가지로 국민의 기본권으로 인정하는 것을 잊지 않았다.

1981년 집권한 미테랑의 사회당 정권도 문화에 지대한 관심이 있었다. 문화부 예산은 2배로 늘어났고, 문화부는 정부의 중요한 전략적 부서로 자리매김하며 영역을 확대해갔다. 그런 시대적 분위기 속에서 문화예술인의 인구도 급격히 늘어났고 오르세 미술관, 루브르 박물관 경내 피라미드, 미테랑 도서관 등 굵직한 문화시설 공사는 대통령이 직접 진두지휘하는 프로젝트였다. 미테랑 뒤를 이은 자크 시라크Jacques René Chirac도 아시아, 아프리카 예술에 대한 애정을 케 브랑리-자크 시라크 국립박물관*의 설립으로 실현하며 문화 대통령의 맥을 이어갔다.

프랑스 사회가 긴 세월 축적해온 문화예술에 대한 각별한 애정과 그것을 사회 전체에 확산시킨 제도들은 이들에게 예술에

* 2006년 문을 연 국립박물관으로 아프리카, 아시아, 오세아니아, 아메리카 대륙의 민속 공예품과 전통 예술품을 인류학적 관점에서 보여주는 곳이다. 박물관이 지어진 센강변의 이름을 따 케 브랑리 박물관으로 불리다가(케quai는 '강변'이란 뜻이다) 개장 10년 뒤인 2016년에 이 박물관 프로젝트의 최초 입안자인 전 대통령 자크 시라크의 이름을 더해 케 브랑리-자크 시라크 박물관이라 불리게 되었다.

대한 고유의 유전자를 선사했고, 그것이 신자유주의행 열차에 기꺼이 몸을 싣고 달려온 미테랑 정부가 문화 영역에 대해서만은 반기를 들며 싸우게 만든 것이다.

'스크린쿼터문화연대'라는 전투력 충만한 단체를 가지고 있었던 한국 영화계는 미국의 문화제국주의에 맞선 프랑스에 반갑고도 귀한 동지였다. '방화邦畫'라는 자조적 명칭으로 불리며 천대받던 한국 영화가, 90년대 들어 스크린쿼터문화연대 활동이 적극적으로 전개되고, 사문화된 법 조항이었던 한국 영화에 대한 상영일수 쿼터가 지켜지고 양적 성장을 가능케 하는 제도적 장치가 가동되며 급격한 성장을 이룬다. 한국 영화 산업은 이때 양적 성장이 거듭되면 질적 변화를 가져온다는 양질 전환의 법칙을 제대로 입증했다. 봉준호, 박찬욱, 김지운 같은 감독들이 90년대를 거치며 걸출한 영화인으로 성장했고, 2000년대를 전후로 두각을 나타내기 시작하다가 마침내 2004년 칸영화제에서 박찬욱이 〈올드보이〉(2003)로 심사위원대상을 수상한다. 〈올드보이〉의 수상은 영화가 가진 작품성이 탁월했기에 가능한 일이었겠으나, 서로에게 의미 있는 버팀목으로 작용하던 프랑스와 한국 영화계 사이의 각별했던 관계도 수상을 위한 분위기 조성에 힘을 실었다는 후문이다.

2005년, 파리에 본부를 두고 있는 유네스코에선 '문화 다양성 협약'이 채택되기도 했다. 문화적 예외에서 한 단계 진화한 표현이 'diversité culturelle(문화 다양성)'이다. '문화적 예외'라는 표현이 문화 영역의 배타적 우월성을 과시하는 듯한 인상을 풍길 수 있어, 보다 큰 공감을 얻으면서 같은 의미를 전달할 수 있도록 찾은 표현이다. 문화 다양성은 인류의 본질적인 특성이며 인류 공동의 유산이므로, 모두의 이익을 위해 각자의 문화를 소중히 간직하고 보존해야 한다는 것이 이 협약의 골자다. 미국이 주창하는 자본의 논리에 순응하는 문화 질서에 맞서는 논리를 프랑스만의 주장으로 남겨두지 않고, 전 세계가 함께 중요성을 자각하도록 하기 위해 이 협약은 제시되었다. 당시 탈퇴한 상황이었으나 부랴부랴 재가입해 전 회원국들을 위협하며 협약의 채택을 방해했던 미국의 공작에도 불구하고, 반대표를 던진 나라는 미국과 이스라엘뿐이었다.

2023년 5월 27일 폐막한 제76회 칸영화제의 작품상은 프랑스의 여성 감독 쥐스틴 트리에Justine Triet의 〈추락의 해부학Anatomie d'une chute〉에 돌아갔다. 그녀의 도발적인 수상 소감은 아직 개봉되지 않은 그녀의 작품에 앞서 온 나라를 뒤흔들었다.

> 올해, 프랑스는 온 시민이 연금개혁에 맞서 강력한 역사적 항거에 나섰습니다. 이러한 시민의 저항은 충격적 방식으

> 로 부정당했고, 억압당했습니다. (…) 영화 또한 예외가 아닙니다. 신자유주의 정부가 이끌어온 문화의 상업화는 프랑스가 지탱해온 '문화적 예외'의 원칙을 깨고 있습니다. 이 문화적 예외가 없었다면, 여러분 앞에 서 있는 오늘의 저 또한 존재할 수 없었을 겁니다.

문화적 예외라는 원칙 속에 자신이 영화인으로 출발할 수도, 살아남아 이런 수상을 할 수도 있었지만, 퇴보 일로에 있는 정부의 정책이 젊은 영화인들의 미래를 위협하고 있다며 프랑스 현실을 신랄하게 고발한 그녀의 일성은 비난과 환호를 함께 맞이했다. 감히 그 원칙의 수혜자가 배은망덕하게 저런 말을 할 수 있냐는 보수적 입장과 후퇴하고 있는 제도를 향해 따끔한 경고를 날리는 시원한 고발이었다는 찬사가 맞붙어, 맹렬한 논쟁이 며칠째 계속되었다. 사회당이 집권하던 80~90년대의 자존심 높던 프랑스를 상징하는 전설적 구호 '문화적 예외'가 다시 무대 위로 초대받아 의미 있는 논쟁을 불러일으키는 모습이다.

며칠 전 한국 영화 〈다음 소희〉(2023)를 동네 영화관에서 관람할 수 있었다. '멜리에스'라는 이름의 이 영화관은 프랑스 전체 영화관의 15퍼센트를 차지하는 공공 영화관 중 하나다.

통신사 콜센터에 보내진 특성화 고교생의 비극적 죽음이란

쥐스틴 트리에는 여성으로는 역대 세 번째로 황금종려상을 받았다. 첫 번째는 1993년에 제인 캠피온Jane Campion이 연출한 〈피아노〉에, 두 번째는 2021년에 줄리아 뒤쿠르노Julia Ducournau가 연출한 〈티탄〉에 수여됐다.

실화를 바탕으로 한 〈다음 소희〉는 관객들과 평단의 호평에도 불구하고 국내에서는 이렇다 할 상업적 성공을 거두지 못했다. 노동계를 중심으로 이 영화를 보자는 시민운동이 전개되었음에도, 10만에 불과한 관객들이 이 영화를 만난 것은 저예산 영화들이 관객을 만날 기회를 구조적으로 봉쇄하는 자본의 행패 탓이며, 자본이 하는 일에 개입하지 않고 알아서 다 잡수도록 놔두는 정부 탓이기도 하다. 이러한 시스템은 거대 자본을 끼고 영화를 만들거나 배급하지 않는 한, 우연이라도 성공을 만날 기회를 기필코 차단한다.

프랑스의 53개 영화관에서 2023년 4월부터 개봉된 이 영화의 수입사는 감독을 초대해 관객들과 만날 기회를 제공했다. 멜리에스에 있는 6개 상영관 중 가장 큰 공간에서 〈다음 소희〉의 유료 시사회를 준비한 영화관 관계자는 칸영화제에서 이 영화를 발견하고 상영을 결정하게 되었다며 초대의 이유를 밝혔다. 먼 나라에서 벌어지는, 자본의 무한 경쟁이 세상에 나온 아이들을 죽음으로 몰아가는 슬픈 이야기는, 티켓 파워를 가진 감독도 배우도 없지만 잘 빚어진 섬세한 영화 언어로 작금의 세상을 관통하는 현실을 영리하게 드러냈다. 그것만으로 영화는 충분히 프랑스 관객들을 만나야 할 이유가 있었다. 객석의 반응은 뜨거웠고 관객들은 감독이 곳곳에 살포시 배치해놓은 크고 작은 메타포들을 놓치지 않고 따라갔다.

멜리에스에서는 영화의 흥행 여부와 관계없이 4월 초부터 2주 동안 이 영화의 상영 일정을 잡고 있다. 그것은 〈다음 소희〉뿐 아니라, 이 영화관에서 상영되는 영화 대다수에 적용되는 원칙이다. 영화관 프로그래머들이 작품을 선택한 이상, 영화가 어떤 성적을 거두든 관객을 만날 기회를 적어도 2주 동안 보장하는 것이다.

멜리에스가 편성해놓은 한 달간의 영화 프로그램을 살펴보면 프랑스 영화가 절반가량이고 나머지는 시리아, 미국, 일본, 러시아, 세네갈, 수단, 포르투갈, 영국, 스페인, 이탈리아, 벨기에, 튀니지, 알제리, 독일, 인도, 노르웨이, 모로코, 칠레, 우크라이나, 멕시코, 콜롬비아 그리고 한국 영화 등 세계 구석구석에서 만들어진 다양한 장르의 영화들로 채워져 있다. 이 영화관의 프로그램 편성 기준이 관객 동원의 극대화, 즉 자본의 논리가 아닌 것은 분명하다. 굳이 도드라지는 기준을 꼽는다면 다양성이다. 장르와 국적, 취향의.

프랑스 영화가 왜 예전과 달리 맥을 못 추는 거냐, 프랑스 영화를 한국 내 극장에서 볼 일이 거의 없다는 이야기를 주기적으로 듣게 되는데, 그때마다 그것은 프랑스 영화의 문제가 아니라, 한국의 극장 배급 시스템의 문제임을 알려드리곤 한다. 세상엔 오직 한국 영화와 미국 영화만이 존재하는 것처럼 착각하게 만드는, 취향과 다양성 말살의 배급 구조가 그런 우물 안의 개구리적 시선 안에 우리를 가둔다.

멀티플렉스 극장에서 한 편의 영화가 여러 개의 스크린을 동시에 장악할 수 없게 되어 있는 제도는 프랑스가 모든 영화관에 적용하는 다양성의 원칙이며, 그 안에서 최대한 국적과 장르의 다양성을 추구한다. 지자체가 운영하는 영화관 대다수도 멜리에스처럼 상업적 기준을 벗어난 영화관 운영의 원칙, 즉 다양성의 원칙을 중심으로 작동한다.

이들이 뿌려온 다양성의 씨앗은 폭넓은 취향을 가진 관객들을 개발한다. 어떤 영화를 보러 가도 객석은 적당히 채워져 있다. 낯선 영화적 문법도 문화도 취향도 소화해낼 수 있는 관객층이 형성되어 있기 때문이다. 이런 구조 속에서 천만 명이 보는 영화는 좀처럼 나오지 않지만, 관객들은 그만큼의 시야를 획득하게 되고 대박을 터트리지 않은 영화인들도 계속 영화 일을 하며 살아갈 방법이 생겨난다. 먼 나라 한국 청년들의 비극적 운명을 다룬 영화지만, 개봉한 지 3개월이 지난 지금까지도 파리의 여러 극장에서 이 영화를 상영하고 있는 이유일 것이다.

공연예술과 음악, 영화, 서커스, 방송 등에서 일하는, 업종의 성격상 비정규직일 수밖에 없는 문화예술계의 종사자들에게, 그들의 작업 리듬에 걸맞는 실업급여 제도를 60년대부터 도입해 유지하고 있는 것 또한, 프랑스가 추구하는 문화적 예외를 설명해주는 제도다.

또박또박 월급 나오던 사람들만이 발을 삐끗했을 때 실업급여를 받는 것이 아니라 구조적으로 불규칙한 수입 구조를 가진 예술인들도, 불안이 그들의 영혼을 잠식하지 않도록 예술인 실업급여 제도는 설계되어 있다. 많이 번 사람은 많이 내고, 적게 번 사람은 적게 내며 문화예술이라는 거대한 동네가 서로의 버팀목이 되어 안정적으로 유지될 수 있는 이 제도는, 숱한 위협과 위기를 거치면서도 굳건히 작동하고 있다. 90년대에 태어나 크고 작은 부침 속에서도 흔들림 없이 뿌리 내려온 문화적 예외의 원칙은 스산한 시절에도 귀한 열매를 거두고 있는 것이다. 이 빛나는 제도를 뒤흔들려는 마크롱 정부를 향해 고강도의 비난이 칸영화제 시상식장에서 울려 퍼진 것은 모든 사회적 투쟁이 발발할 때, 선봉에 서서 싸우길 주저하지 않았던 프랑스 예술계의 오랜 전통이다. 권리를 위해 싸우는 일을 멈추지 않은 자들이 거둔 값진 열매를 지키는 것은, 그걸 획득하는 것만큼이나 소중함을 그들은 알고 있다.

Laïcité

(라이시테: 정교분리 원칙)

공화국을 완성한 네 번째 가치

1905년은 우리가 역사책에서 여러 번 마주쳤던 해다.

러시아에선 '피의 일요일'을 시작으로 당시 실세였던 라스푸틴Grigorii Rasputin의 폭압적 제정에 저항하는 불꽃이 일어났고, 바로 그해 러일전쟁이 일본의 승리로 끝났으며, 일본은 여세를 몰아 을사늑약을 강제하고 조선의 외교권을 박탈했다. 같은 해, 프랑스에선 교회와 정부의 결별을 뜻하는 '정교분리 원칙'이 법으로 채택됐다.

앞서 언급한 사건들이 들끓는 용암처럼 위협적으로 한 민족의 운명을 덮치는 것이라면, 프랑스에서 선포된 정교분리 원칙은 그만한 비중을 가진 사건으론 느껴지지 않는다. 그러나 프랑스로 건너온 이후, "1905, la loi de laïcité(1905년, 정교분리법 제정)"란 문구는 마치 우리의 1919년 3·1운동이나 1945년 8·15광복 같은 무게로, 전과 후를 불가역적으로 나누는 경계선처럼 다뤄지는 걸 수차례 목격할 수 있었다.

정교분리 원칙이라면, 대한민국을 비롯해 대다수 국가의 헌법에 기본값으로 담긴 개념이다. 그러나 한국 사회에서, 정교분리 원칙이 토론의 장에 끌려 나온 것을 본 기억은 드물다.

2004년, 서울 시장이던 이명박이 기도회에 참석해 "서울시를 하나님께 봉헌"한다고 발언했던 일이나 같은 해 고교생 강의석이 종교의 자유를 요구하며 학교를 향해 투쟁한 일이 기억에 남을 만한 정교분리 원칙을 떠올리게 하는 사건이다.

그중 강의석의 투쟁과 그것이 드러낸 한국 사회의 정교분리 원칙에 대한 인식은 복기해볼 만하다. 미션스쿨인 대광고 학생 강의석이 46일간의 단식과 1인 시위를 통해 종교 교육을 강제하는 학교에 항의하며 종교의 자유를 요구했으나, 학교는 이를 별난 학생의 발칙한 요구로 일축하며 그를 퇴학 처리했다. 2010년에 가서야 대법원은 "신앙 교육을 목적으로 설립된 미션스쿨일지라도 학생들에게 종교 교육을 강제할 수 없다"라며 뒤늦게 강의석의 손을 들어주었다. 원고 패소 판결을 내렸던 2심을 뒤집은 것이다. 그러나, 학교가 강제 퇴학시킨 강의석에게 배상금으로 1500만 원을 지급해야 했을 뿐, 이 판결로 한국 사회는 거의 달라지지 않았다. 판결 이후에도 대광학원(대광중, 대광고)은 물론, 대한민국의 미션스쿨들은 이전과 똑같이 종교 교육을 강제하고 있으며, 학생들은 그 속에서 종교의 자유에 대한 유린과 비신자에 대한 차별을 겪고 있다. 중고교는 물론, 사학 명문으로 꼽히는 이화여대, 연세대 같은 대학에서도 설립 이후 꾸준히 강제되어온 소위 채플 수업에 대해, 학생들이 헌법에 보장된 자신의 권리행사를 위해 특별히 저항했다는 기록은 찾을 수 없다.

이 사건은 오히려 그토록 격하게 반항해봐야 다치는 건 자신뿐이며, 얻을 수 있는 것은 강제 퇴학과 잘해야 몇 푼의 보상뿐이라는 사실을 세상에 확인시켰을 뿐이다. 1948년 최초의 헌법에서부터 20조에 새겨진 '종교의 자유'는, 75년이 지난 오늘날까지도 몰이해 속에서 잠자고 있는 사문화된 원칙임을 우린 확인할 수 있다.

1905년, 혁명적 법의 통과

오랜 기독교 문화의 전통 속에서 종교로 인해 반목, 분열하며 갈등해오던 유럽에서, 입법을 통해 교회와 국가를 완전히 분리시킨 1905년의 정교분리법은 사실상 혁명에 준하는 사건이었다.

프랑스 의회는 12월 9일 이 법을 채택한다. 정교분리법은 국가와 종교 조직의 분리를 의미할 뿐 아니라 ① 모든 개인은 양심과 종교의 자유를 가지고 ② 공공질서를 존중하는 한도 내에서 종교의식에 참여할 자유를 가지며 ③ 신념과 신앙에 무관하게 모든 사람이 법 앞에서 평등함을 의미한다. ④ 또한 정치는 공적 영역이며, 종교는 철저히 사적인 영역에 머물러야 함을 의미하기도 한다. ⑤ 정부는 그 어떤 종교에 대해서도 특별히 인정하거나 간섭하지 않으며, 어떤 종교단체에 대해서도 재정 지원을 하지 않는다는 내용도 포함하고 있다.

1789년 혁명이 왕정을 폐지하고 1793년 루이 16세가 단두대에 섰던 이후에도 왕정이 또다시 복고되었지만, 1830년 7월 혁명과 1848년 2월 혁명을 거치며 공화국이 단계적으로 완성된 것처럼, 교회 권력을 향한 저항도 마찬가지였다. 1794년, 혁명 세력은 시행령에 의해 교회에 지불하던 정부의 모든 예산을 삭감하며 정교분리를 처음 시도했으나, 19세기 초에 교회 권력은 부활했고 예산도 복원된 바 있다. 그러나 한번 씨 뿌려진 정교분리 사상은 공화국이 나아가야 할 이상적 방향이라는 사실이 모든 공화주의자의 머릿속에서 점점 분명해졌다. 1905년, 사회주의적 공화주의자로 분류되는 국회의원 아리스티드 브리앙Aristide Briand의 정교분리 법안은 이러한 사회 분위기 속에서 의원 다수를 설득할 수 있었다. 당시 여전히 다수의 지지를 받고 있던 가톨릭을 향해 "종을 겨누는 방식이었다면, 이 법은 통과될 수 없었을 것"이라고 그는 말했다. 가톨릭 지지자들의 발언권과 지위를 충분히 남겨두며, 더 큰 평화를 위한 해결책을 제시한 것이다.

모든 국민이 양심과 신앙에 대한 자유를 가지며 정치권력은 그 어느 편에도 서지 않는다는 원칙은, 신교와 구교가 대립하며 벌여왔던 내전과 갈등을 봉합하고 사회에 평화를 안착시키기 위해 반드시 필요한 결단이라는 데 다수가 동의했다. 가톨릭을 단죄하는 것이 아니라, 그들에게 주어진 "특권을 배제"하는 동시에 확대된 자유를 모두에게 허락하는 것이 아리스티드 브리앙이 당시 프랑스 의회를 설득한 핵심 논리였다.

따라서 프랑스인들에게, 1905년의 정교분리법은 1789년 혁명에 이은 중대한 사건이었다. 당시 유럽의 어떤 나라에서도 감히 이 같은 법률이 천명된 바 없었기에, 이 법에 대한 프랑스 사회의 자부심은 상당하다. 공화국을 완성하는 자유·평등·박애 다음에 놓일 수 있는 네 번째 핵심 가치로, 사람들은 정교분리 원칙(laïcité, 라이시테)을 꼽기도 한다.

남편은 자신의 할아버지로부터, 1905년 법이 공포된 직후 마을 농부들이 말을 타고 수녀원으로 달려가 국민의 세금으로 살아가던 수녀들 모두를 거기에서 내쫓았다는 얘기를 들었다고 한다. 양민을 수탈하고 그 위에 군림하며 배불리 먹고 살던 교회가 당시 농민들에게 어떤 대상이었는지를 잘 드러내주는 장면이다.

종교가 공적 영역을 침범했을 때

프랑스에 와서 적잖은 세월을 보낸 후에도, 여전히 머리로만 이해하던 정교분리 원칙이 피부를 너머 뼛속까지 스며들게 된 경험은, 아이가 네 살이 되던 해에 찾아왔다.

당시 아이는 유치원 2년 차였다. 프랑스의 유치원은 정규교육과정에 속하며 99퍼센트가 공립이다. 초중고를 통틀어 약 17퍼센트가 사립학교인데 대부분의 사립학교가 가톨릭계인 것은, 오랜 시간 교회가 정치와 권력을 나눠 가졌을 뿐 아니라 교회가 교육의 대부분을 담당해왔던 가톨릭 국가의 전통이 남긴 흔적이다. 교회는 유아를 교육의 대상으로 삼지 않았고, 부모가 모두 일터에 나가게 된 현대사회의 필요로 정부가 설립하였기에 99퍼센트가 공립이 된 것이다. 공식 명칭이 엄마학교école maternelle인 3년 과정의 이 교육 시설에 대한 시민들의 만족도는 상당히 높은 편이다.

아이가 행복한 얼굴로 2년째 엄마학교에 다니던 어느 봄날, 학교에서 돌아온 아이는 교사의 인솔하에 반 아이들이 모두 걸어서 다른 학교에 다녀온 이야기를 들려줬다. 그 학교에는 아주 '이상한' 그림들이 벽과 천장에 잔뜩 그려져 있었다며, 목을 꺾어 그림을 바라보던 자신의 모습을 재현했다. 아이들이 갔던 학교는 같은 동네에 있는 유대인 학교였다. '솔로몬 유치원'이라는 이름의 그 학교는, '세계를 이끌어갈 유대교 지도자 양성'을 목적으로 유대교 거부들이 만든 재단이 전 세계에 세운 학교 중 하나였다.

학교에서 학부모들에게 어떤 공지도 하지 않고, 솔로몬 학교 아이들과 공동 교류 수업을 기획한 것이다. 번갈아가며 서로의 학교에 와서 합창 연습을 하고 학기 말에 열리는 음악 축제에 합창 발표를 한다는 학교 측의 계획은, 이미 수업이 진행된 이후에야 학부모들에게 전달되었다.

그날 이후 학부모들은 발칵 뒤집어졌다. "왜, 공립학교 아이들이 유대인 사립학교에 가서 합동 수업을 받느냐?"는 질문이 학교 측을 향했다. 이 말 속에는 '왜 공립학교가 헌법적 원칙인 정교분리 원칙을 준수하지 않았느냐?'는 엄중한 질책이 담겨 있었다. 공공장소일 뿐 아니라 아이들에게 프랑스 사회의 대원칙인 '라이시테'를 가르쳐야 할 학교에선, 단 한 톨의 종교적 치우침도 허용하지 말아야 한다는 것이 정교분리 원칙이 지켜지는 방식이었다.

아이들이 부를 노래들이 종교색을 띠는 것은 아니었으나, 특정 종교 교단이 세운 미션스쿨에 아이들을 정기적으로 보내는 것 자체가 문제임을 일부 학부모들이 지적하고 나섰다. 평범한 학교와는 사뭇 다른, 유별난 분위기(구약성서의 장면들로 벽과 천장이 장식된)의 공간에 대한 각별한 인상을 아이들이 각자의 언어로 부모에게 이미 전했던 것이다. 그날 이후, 학부모들은 유대인 학교와의 교류 수업에 반대하는 학부모와 찬성하는 학부모(이들은 모두 유대인이었다), 그저 관망하는 학부모로 삼분되어 1개월 이상 격론을 이어갔다. 심지어 〈르몽드〉 기자까지 사태를 전해 듣고 학부모들을 찾아다니며 취재하기도 했고, 학부모 사이에선 가벼운 몸싸움까지 벌어졌다. 사태의 심각성을 깨달은 교장이 몸싸움을 벌인 학부모를 경찰에 고발하고, 파리 교육청이 개입해 모든 계획을 중단시키는 것으로 사건은 마무리되었다.

교육청 미인가 학교였던 솔로몬 유치원 측이 양쪽 학교에 자녀들을 보내는 유대계 학부모를 통해 공립학교 교장에게 접근해 공동 교육 프로그램을 제안했으며, 공립학교와 교류하는 것이 솔로몬 학교가 교육청의 인가를 얻어내고 정부의 자금 지원을 받는 데 도움이 되기 때문에 시작된 일이란 사실이 이 과정에서 드러났다. 솔로몬 학교는 공립학교에 다니는 아이들을 이용해 자신들의 재정적 이득을 도모하고자 한 것이다. 학교 측이 왜 이러한 계획을 수립했고, 학부모들에게 사전에 아무런 의견도 타진하지 않았는지에 대해선 알려진 바가 없다.

놀라운 점은, 유대인 학부모들은 한결같이 이 사건의 결말을 '유대인 차별'이라 규정했고, 이 프로그램에 반대하는 모든 학부모를 '유대인 차별주의자'라 비난했다는 사실이다. 그 사건이 있기 전까지는 학교에서 누가 유대인인지 알 수도 없었고 알고자 하지도 않았으며, 인종차별의 문제가 제기된 적도 없었다. 유대인 차별주의에 의해 피해를 입었다고 주장하며 폭력을 저지른 사람도 유대인 학부모였고, 결국 공동 프로그램이 취소되자, 이를 반대한 학부모들과 계획을 철회한 학교 측에 비난과 증오의 말을 퍼부은 사람들도 그들이었다.

수로 따지자면 유대인 학부모가 공동 프로그램에 적극 반대한 학부모보다 더 많았다. 그렇지만 후자에겐 헌법이라는 강력한 대원칙이 있었다. 놀란 눈으로 사태를 관망하던 나의 눈에는, 공동 프로그램을 반대한 그 어떤 학부모도 유대인에 대한 차별적 입장에서 반대한 것이 아니라는 점은 분명해 보였다. 상대 학교가 유대교 학교가 아니라 가톨릭계 학교였다고 해도 그들은 똑같이 행동했을 것이다.

학교의 판단 실수로 정교분리 원칙(공공기관이 종교에 개입해선 안 된다는)의 엄중한 선을 살짝 넘어서자 난장판이 벌어졌다. 반대 측 학부모들을 향해 삿대질하고, 아이들도 반대 측 부모의 자녀들을 증오하게 만드는 유대인 학부모들의 모습을 목격하면서 '정교분리 원칙'이 프랑스 사회를 지탱하는 데 얼마나 중요한 가치인지 깨달았다. 종교는 철저히 사적 공간에서, 사적인 방식으로만 간직하고 실천해야 하며, 공적 공간에서 그것이 드러나

거나 어떤 방식으로든 종교적 치우침이 작동할 때, 세상은 바로 품위와 절제를 잃고 혼란스러워지는 원리가 선명하게 드러났다.

혜택이 취소됐을 때 그것을 차별로 인식하는 사람들이 다수였다면 1905년의 법은 통과되지 못했을 것이며, 오늘날 누리는 정도의 평화도 프랑스에 오지 않았을 터다. 아직 그 사실을 깨닫지 못하는 사람들이 있기에, 크고 작은 분란들이 이어지고 있다는 것도 알게 되었다.

정치인에게 부여되는 원칙

그 사건 이후, 프랑스 사회에서 벌어지는 갈등과 사건들이 좀 더 선명하게 눈에 들어오기 시작했다.

2017년, 조니 할리데이Johnny Hallyday라는 프랑스 국민 가수가 사망했다. 마크롱 내외는 마들렌 성당에서 치러진 장례식에 참석했지만, 대통령의 추모 연설은 교회 밖에서 이뤄졌다. 12월의 싸늘한 날씨였지만, 굳이 마크롱이 교회 밖에서 연설했던 것은 정교분리 원칙을 지키려는 최소한의 제스처였다. 장례식 마지막 절차로, 참석자들이 관 위에 한 손을 대고 다른 손으로 십자가를 그리며 망자를 보내는 의식에서, 마크롱은 십자가를 그리지 않음으로써 공직자가 지켜야 할 정교분리 원칙의 선을 넘지 않겠다는 의지를 보였다.

그러나 관에 손을 댄 자체만으로도, 많은 언론은 '마크롱이 정교분리 원칙 위배 직전까지 갔다'는 식으로 비판의 채찍을 들었다. 야당 정치인들은 그가 교회 안에 발을 디딘 것만으로도, 라이시테의 수호자여야 할 대통령이 그 가치를 훼손했다며 맹비난했다.

프랑스에서 선거가 있을 때 후보자들의 종교는 전혀 다뤄지는 요소가 아니다. 기자들이 개별적으로 파헤칠 순 있으나, 객관적으로 유권자들에게 제공되는 정보도 관심사도 아니다. 종교는 사적 영역이라고 하는 정교분리 원칙이 제대로 학습된 결과다. 대통령 취임식에서 성경에 손을 얹고 선언해야 하고 주로 개신교 신자들이 대통령을 해온 미국과는 완전히 다른 분위기다.

재임 중 문재인 전 대통령이 해외 순방 때마다 부부가 성당에 가서 기도를 드리는 모습을 방송을 통해 우린 봐왔다. 대통령 또한 종교의 자유를 누리는 한 개인으로 봐야 할지, 국가를 대표하는 공직자로서 자신의 종교 활동을 전 국민에게 드러내는 행동은 자제하는 것이 옳을지는 정치적 입장을 떠나 냉정하게 법리적으로 따져야 할 문제다. 이명박 전 시장의 서울시 봉헌 발언에 대해 피해보상을 요구하며 제소한 시민들이 패소한 사례는, 한국에 와서 길을 잃은 정교분리 원칙의 현주소를 잘 보여준다.

당신의 자녀는 신을 사랑하나요

강의석-대광고 사건 이후에도 미션스쿨의 일편단심이 꺾이지 않는 것이 한국의 현실이라면, 프랑스의 많은 가톨릭계 학교는 어떻게 하고 있을까? 친구 중에 가톨릭 신자는 없지만, 자식을 가톨릭계 사립학교에 보낸 경우는 여럿 있다. 프랑스 인구 중 가톨릭의 실질적 신자는 5퍼센트 미만이다. 신의 존재를 믿는 사람들은 제법 있지만, 성당에 가끔이라도 가서 미사에 참석하는 사람은 극소수다.

그중 한 부부가 아이를 집 근처 가톨릭계 사립학교에 보내기 위해 입학원서를 쓸 때, 거기에 '당신의 자녀는 신을 사랑하나요?'라는 식으로 신자인지 여부를 확인하는 항목이 있었다고 한다. '사랑한다' '사랑하지 않는다' 둘 중 하나에 표하도록 되어 있는 항목에서, 친구는 둘 다 펜으로 박박 지우고 아래에 따로 이렇게 적었다고 한다. "우리 아이는 신에 대해 아무 관심이 없습니다." 아이는 문제없이 입학했고 우수한 성적으로 학교에 다녔으며, 학교는 그 어떤 학생에게도 미사에 참석할 것을 강요하지 않았고 교육 내용에도 종교적 색채는 전혀 없었다고 한다. 또 다른 부부도 가톨릭계 사립 고등학교에 아들을 보냈는데, 이 학교는 좀 더 종교 성향이 강한 것으로 알려져 있음에도, 미사 시간에 대한 어떤 의무 규정도 없고 대다수는 미사에 참석하지 않고 이를 쉬는 시간으로 여기며, 그들의 아들은 미사 시간에 급우들과 농구를 즐긴다고 전해줬다.

1905년 이후, 교회는 더 이상 정부로부터 그 어떤 운영상의 지원도 받지 않으므로, 학교는 교회가 그에 딸린 식구들을 챙길 수 있는 고마운 생계수단일 것이다. 성당에 드나드는 극소수 신자와 관광객들만으로 교회가 지탱되기는 쉽지 않다. 따라서 오늘날 대부분의 가톨릭계 학교들은 학생들에게 그 어떤 종교색도 강요하지 않고, 학교의 기능을 성실하게 수행하는 데 최선을 다한다. 물론 대부분의 가톨릭계 사립학교들은 정부와 협약을 맺고 일정한 규칙을 준수하면서 교원들에 대한 정부 지원을 받고 있다. 이런 상황에서 포교의 목적을 드러냈다간, 당장 학교 문이 닫히고 여러 사람 밥줄이 끊기는 비극적 운명만이 그들을 기다릴 것이기에 그런 일은 벌이지 않는다. 밥줄은 신성하기에.

망각 속에 잊힌 가치

아이가 솔로몬 학교에 다녀왔던 그해, 나는 한국에 와서 여름을 보내며 아이를 부모님 댁 근처의 어린이집에 보냈다. 아파트 단지 내에 있던 평범한 어린이집이 대부분 그러하듯 정부, 지자체로부터 지원금을 받는 곳이었다.

문제는 매우 친절하던 원장님이 독실한 기독교 신자였고, 자신의 신앙을 모든 원아에게 강요하고 있었다는 점이었다. 모든 아이는 식전에 무릎을 꿇고 고개를 숙이며, 원장님을 따라 하나님께 감사 기도를 올려야 했다. 바로 직전에 프랑스에서 살벌한 종교 전쟁을 치르고 막 귀국한 나로서는 이 난감한 사태에 어찌 대처해야 할지 알 수 없었다. 주변에 나와 비슷한(무종교인) 친구들에게 사태 해결을 위한 조언을 구했다. 그들은 한결같이 "그냥 보내. 어쩌겠어. 한국은 다 그래…"라는 기운 빠지는 답변을 들려주었다. 담임 교사, 교장, 교육청과 맞서며 결전을 벌이던 프랑스 부모들과 달리, 한국 부모들은 자신이 선택하지 않은 종교가 내 일상과 내 아이의 말랑한 머릿속을 침범하는 일에 관대했다. 신자유주의가 밀려오는 일상의 일거수일투족에 혈전을 불사하던 좌파 활동가들도, 이 문제에선 아무런 모순도 보지 못하는 듯했다.

그리하여, 나의 선택은? 다른 한국 부모들이 간 그 길을 따랐다. 아파트 단지 내에 있는 가장 가까운 어린이집이기도 했거니와 아이는 이미 거기서 단짝을 만들어 알콩달콩 지내고 있었기 때문이다. '어차피 한 달뿐인걸' 하는 마음으로 나는 두 눈을 질끈 감기로 했다. 함께 싸울 원군도 없었고 가장 강력한 원군이어야 할 정교분리 원칙은 모두의 망각 속에, 헌법이란 고귀한 옷을 입고 잠들어 계시므로 내겐 아무 무기도 없었다.

딸에게는 어린이집을 가기 전부터, 밥상머리에 앉아 손을 세 번 가볍게 두드리는 자신만의 기도법이 있었는데, 아이의 기도법이 원장님의 기도에도 흔들림 없이 지켜지고 있다는 사실만을 확인하고 안도하기로 했다. 아이의 기도는 유일신 '하나님'이 아니라, 자신에게 일용할 양식으로 식탁 위에 올라와준 생명체들, 농사를 지어준 농부, 요리를 해준 엄마(혹은 다른 요리사)에 대한 감사의 기도다. 아이의 두 부모는 아무도 그런 종류의 기도를 하지 않으므로, 아이가 하는 기도의 기원이 어디에서 비롯된지는 알 길이 없다. 그러나 1년 뒤, 다시 한국행 짐을 싸기 시작했을 때, 아이는 이렇게 말했다. "나 이번엔 그 어린이집은 안 갈래. 기도하는 거 너무 싫었어." 아이는 1년이 지난 뒤에서야 어린이집의 기도 강요가 마음에 부담이 되었던 사실을 고백했다. 아이의 자아가 자신이 선택하지 않은 신앙의 강요에 거부감을 느끼고, 그걸 표현했다는 사실에 뒤늦게 안도했다. 그리고 어린 자아를 '편리'를 위해 그 불편함 속으로 밀어넣었던 나의 무신경을 책망했다. 조지 오웰George Orwell이 파리에서 거리의 낭인으로 지내던 시절, 아무리 공짜 밥을 줘도 교회가 강요하는 설교 말씀을 듣는 것이 싫어, 교회 밥은 가급적 피했다는 이야기가 그의 초기 소설 《파리와 런던의 따라지 인생》에 나온다. 거리의 낭인들에게도 배고픔을 견디는 것보다, 양심의 자유를 유린당하는 일이 더 고통이다. 하물며!

종교의 자유 이전에 '양심의 자유'

2022년 대선에서 좌파 진영의 대선 후보였던 장뤼크 멜랑숑Jean-Luc Mélenchon은 훼손되고 왜곡되어가는 가치인 정교분리 원칙의 재건을 대통령으로서의 핵심 과제로 제시하기도 했다.

> 정교분리 원칙은 분열되지 않는 하나의 공화국을 이루는 중심적 가치입니다. 이 권리는 종교의 자유에 대한 권리인 동시에 양심의 자유에 대한 권리이기도 합니다. 정치는 공적 영역이고, 종교는 사적 영역입니다. 바로 이 종교와 정치의 철저한 분리 속에서 모든 종류의 철학적, 종교적, 정치적 신념에 대한 국가적 중립이 가능해집니다.

그의 말은 정교분리 원칙에 지나치게 무심해 보이는 한국 사회의 태도를 이해하는 데 중요한 단서를 제공했다. 라이시테는 단지 종교 선택의 자유만을 뜻하지 않으며, 철학적, 정치적, 종교적 사상을 모두 아우르는 양심과 신념에 대한 자유, 그것으로 인해 차별당하지 않을 자유를 의미하는 것이다.

따라서 정교분리법은 프랑스 사회에서, 마치 한국의 법전에서 국가보안법을 뽑아낸 것과 같은 역할을 한 셈이다. 그것은 "나 이외에 다른 신을 섬기지 말라"라고 하는 유일신의 절대 지위를 폐기하고, 만인에게 양심의 자유, 신앙의 자유를 선사한 것과 같다.

우리나라의 국가보안법은 국가 안보를 지키는 법이라기보다, 우리 각자의 머릿속에서 자랄지도 모르는 다양한 정치적, 철학적 사고까지 감시하게 만든 자기검열 법이다. 그 법의 존재로 인해, 우린 어려서부터 머릿속에 금지 구역을 설정하며 성장해야 했다.

"모든 국민은 종교의 자유를 가진다." "국교는 인정되지 아니하며, 종교와 정치는 분리된다." 이렇게 단 두 항으로 구성된 대한민국 헌법 20조의 정교분리 원칙에는 '사상의 자유'가 스며들 여지가 좀처럼 보이지 않는다. 반면, 우린 대한민국의 그 어떤 법보다 교활하게 적재적소에서 정권 유지를 위해 활약했던 국가보안법의 힘을 잘 느끼고 있다. 시시때때로 암약하며 심장을 오그라들게 만들어온 국가보안법은 우리의 양심과 신념, 신앙의 영역이 자유로울 수 있는 여지를 근본적으로 박탈해왔다. 그렇게 체계적으로 무력화된 영역이었기에, 우린 신앙의 영역을 침범하는 사회의 무심한 폭력에 맞서는 방어기제를 갖추지 못했던 것이다. 그 상대가 동네 어린이집 원장일지라도, 감히 말한번 꺼내볼 용기조차 갖지 못했던 것은 사상과 양심의 자유에 관해 학습된, 포기의 태도가 내 안에도 가득했기 때문이다.

라이시테라는 거울 앞에서 긴 시간 숙고한 끝에 발견한 우리 안의 거대한 결핍이다.

Revenons à la *laïcité* : c'est la seule solution pour qu'il puisse y avoir la paix entre des gens venant d'horizons différents.

라이시테(세속주의)*로 돌아가자.

서로 다른 지평에서 온 사람들 사이에 평화를 찾을 수 있는

유일한 해법이 바로 그것이다.

-엘리자베스 바댕테르Élisabeth Badinter (철학자, 저술가, 페미니스트)

* laïcité에는 '세속주의'라는 의미도 있다.

Transgénérationnel

(트랑스제네라시오넬: 세대를 가로지르는)

조상이 남긴 업보

이웃에 사는 스테파니는 아동복지 전문 사회복지사다. 그녀는 매일 불우한 환경에 던져진 아이들을 만나 그들이 빠진 암담한 수렁에서 나올 수 있도록 구명 밧줄을 건네는 일을 한다. 한번은 배를 타고 국경을 넘은 시리아 여성이 국경 마을에 남겨두고 온 아이를 찾아달라며 문을 두드렸다고 했다. 배를 태워준 브로커가 아이를 두 명까지만 태울 수 있다고 하는 바람에 막내 아이를 바다 건너 국경 마을에 두고 왔던 것이다. 스테파니가 속한 사회단체는 모든 방법을 동원해 아이의 안전을 확인해주었고, 아이가 엄마 품에 안전히 안길 수 있도록 하는 2단계 작업에 착수했다.

한 땀 한 땀의 작업이 피를 말리고, 타인의 고통에 깊이 동화되어 숨을 헐떡이게 하는 자신의 일을 스테파니는 힘들어했다.

스테파니는 왜 이토록 자신이 힘들어하는 일에서 헤어날 수 없는지를 궁금해하다가, 모계 쪽 조상들이 곤경에 빠진 아이들을 구해주는 일을 대대로 해왔다는 사실을 알게 됐다. 거기엔 해결되지 않은 가족 내 트라우마가 있었다고 한다. 우연찮게 대대로 마을의 고아를 거두어 키우게 되었고, 그 고아들의 부모가 나중에 아이들을 찾아오는 일이 반복되면서 보람도 컸지만, 이들의 간단치 않은 트라우마를 온 가족이 나눠야 했다고 한다. 그러한 가족력의 영향인지 자신의 일에서 영혼이 고통을 느끼는 중에도 그녀는 그 길을 따라가고 있었다며 그 모든 것이 일종의 업보인 양 말했다.

그때 그녀의 입에서 나온 말이 'transgénérationnel(트랑스제네라시오넬: 세대를 가로지르는)'이었다. 이는 여러 세대를 거쳐 반복되는 패턴, 혹은 조상과 후세를 잇는 심리적 연결성, 조상의 해결되지 않은 트라우마가 후세에게 전해져 반복되는 일 등을 의미한다.

'Trans'는 '가로지르다'라는 의미의 접두사이며, 'générationnel'은 세대라는 의미의 명사 génération의 형용사형이다. 두 단어가 만나, '세대를 가로지르는'이라는 의미의 형용사가 된다. 한 집 안에서 일어난 사건 중 일부는 침묵 속에 덮이지만, 가족 구성원의 집단 무의식에 스며들어 때때로 대를 이어서 후세가 그것을 경험한다.

스테파니는 자신이 물려받은 업보를 딸에게 물려주지 않고 자기 대에서 끝내려 한다. 그래서 심리학 박사과정을 시작해 전업을 모색하고, 가계심리학을 공부해서 가족 내 숨겨져 있던 비사를 객관적으로 바라보고, 해석하며, 화해해 매듭을 풀고자 애쓴다.

지난해 한 모임을 통해 알게 된 린다는 연극배우이자 연출가다. 그녀에겐 열 살 먹은 아들 토마가 있는데, 그는 요즘 잠자리에 들기를 꺼려한다. 밤마다 꿈에서 저승사자로 보이는 이가 곁에 다가와 죽음을 암시하는 메시지를 전하기 때문이다. 죽음의 공포에 사로잡힌 아들의 문제를 해결하기 위해 그녀는 백방으로 방법을 모색했다. 경험 많은 기 치료사를 소개받아 트랑스제네라시오넬적 현상이라는 진단을 받았다. 조상으로부터 전해진 트라우마가 무의식중에 전달되어 아이가 심리적 불안을 겪고 있다는 것이다. 아이는 기 치료사의 최면요법을 통해 조상의 트라우마가 무엇인지 인지하고 이해한 후, 비로소 평화를 되찾는 과정에 있다고 했다.

한국에서 이와 비슷한 문제가 생겼을 때, 점집을 찾아가면 점쟁이가 부적을 써주거나 굿을 해서 영혼을 달래는 방식과 유사하다.

책이나 신문, 방송을 접하다가 또는 지인들과 이야기하다가 문득문득 트랑스제네라시오넬이란 단어가 튀어나오게 된 지 7~8년가량 된 듯싶다. 최근 들어와선 그 빈도가 훨씬 촘촘해졌다. 유일신을 섬기거나, 유물론자 또는 무신론자로 채워진 세상에서 나돌아다닐 법한 사고가 아니었기에, 그 단어가 들릴 때마다 나는 가볍게 진동했다.

집집마다 조상이 죽은 날짜를 기억해두었다가 온 가족이 모여 두고두고 제사를 지내는, 조상들과 질긴 인연을 칭칭 쟁이고 사는 한국 사회라면 모를까, 조상이 남긴 업보라니! 조상이 수세대를 거슬러 내려와 꿈속에서 전하는 메시지라니! 이 무슨 데카르트René Descartes의 후예답지 않은 말인가.

이뿐만이 아니었다. 해가 가고 날이 갈수록, 파리의 골목골목에는 기 수련과 명상, 요가, 기공 혹은 풍수까지 사람들 사이에 보이지 않는 세계와 소통하려는 열망이 퍼져가는 모습이 역력해졌다. 세기가 바뀌며 동쪽에서 불어온 바람이 이제 서쪽을 뒤덮을 태세다.

온전히 동쪽에서 불어온 바람이라고 하기엔, 유럽에도 일찍이 비슷한 사고를 하던 학자가 있었다. 칼 융Carl Gustav Jung은 이런 말을 했다. "나는 운명이 내 선조들에게 이미 했던 그 질문들에 내가 답해야 하지만, 우린 아직 어떤 해답도 찾지 못하고 있다고 늘 생각해왔다." "내 조상에게서 해결되지 않은 갈등은 내게로 와서 해결되길 기다린다."

프로이트Sigmund Freud가 존재를 알린 무의식이라는 거대한 빙산에서 융은 다락방으로 통하는 문을 발견했지만, 90년대까지는 유럽 정신분석학계가 프로이트의 지배하에 있었던 것이 현실이다. 처음엔 프로이트의 후계자로 지목되었을 정도로 각별한 총애를 받았으나, 융이 프로이트의 논리에 반박하고 자신만의 이론을 발전시켜나가면서 프로이트로부터 내쳐졌고, 비엔나 정신분석학회에서 완벽히 배척당했다.

그러나 무리로부터 버려졌던 그 시간이 융에게 여행하고 사색하며 집필할 시간을 허락했고, 융은 인간 무의식을 탐험하고 분석하기 위한 더 풍부한 영토를 발견해 정신분석학의 영역을 확대했다. 21세기 들어 특히 영미권에서, 단연 융 계열의 학자들이 두각을 드러내는 현실은 프로이트의 도그마에서 벗어난 융의 유연한 세계가 분열된 현대인의 아픔을 더 잘 치유할 수 있기 때문이다.

1990년대 이후 좌우 양쪽의 날개로 날던 세상의 한쪽 날개가

부러지면서, 세상이 한 방향으로 급격히 치우치기 시작할 때, 다수의 사람들은 한층 더 불안과 우울의 포로가 되었던 모양이다. 그 존재적 허기가 잠들어 있던 칼 융을 완전히 부활시켰고, 그의 이론이 보여주는 영적 세계에 대한 호기심이 유럽인들 속에 조용히 퍼져갔다.

한편 1993년, 프랑스의 정신의학자 안 안슬랭 슈젠버거Anne Ancelin Schützenberger는 《아, 내 조상들이여Aïe, mes aïeux!》라는 책을 통해, 우리말로 '가계심리학'이라 해석되는 '트랑스제네라시오넬 심리학'을 세상에 또렷하게 각인시키기도 했다. 2020년 어느 날, 물리치료를 받으러 간 남편을 동반해 대기실에 앉아 있다가 발견한 책이 바로 이것이었다. 물리치료사 또한, 자신의 환자들에게 어느 날 다가오는 고통의 원인을 저 먼 시간을 거슬러 올라가 그들의 조상들에게서 종종 찾게 된다는 이야기를 들려주었다.

가계심리학은 현재 우리가 겪고 있는 불편의 원인을 3~4세대 거슬러 올라가며 찾아볼 것을 제안한다. 각자의 가계도에 존재하는 집단 무의식을 탐험해 방어기제, 가족 내 비밀, 해소되지 않은 트라우마를 찾아낸다. 가계심리학은 이런 방식을 통해 각자가 어떤 숲속에 들어와 성장해왔는지 이해하고, 그중 우리의 삶을 방해하는 요소들을 찾아 해결하는 것을 목표로 한다.

우리가 업보, 집안 내력, 한이라 부르며 잘 풀어보려고 애써

《아, 내 조상들이여!》 표지.
의학서적으로선 드물게 40만 부 넘게 팔리고 30년째
스테디셀러의 목록에 올라 있는 이 책을 둘러싼 현상은,
프랑스인들이 자신들의 우울과 고통을 해석해줄
또 다른 해법에 목말라 있음을 잘 말해준다.

왔던 조상들과의 복잡한 방정식에 프랑스인들도 어느새 성큼 다가서고 있는 듯하다. 죽은 후에도 내내 제삿밥 얻어먹는 한국의 망자들을 이쪽 귀신들이 부러워하기 시작한 걸까?

La manière de s'acquitter de ses dettes est *transgénérationnelle*, c'est-à-dire que ce que nous avons reçu de nos parents, nous le rendons à nos enfants.

부모로부터 받은 빚을 갚는 방식은 세대를 초월해 이뤄진다.

부모에게 받은 것을 자식에게 돌려주는 것이다. (그것이 빚이건 덕이건)

-안 안슬랭 슈젠버거

Lapsus
(랍쉬스: 실수)

무의식을 드러내는 혀

파리 공기를 3년쯤 마시고, 마침내 이들의 말이 머릿속 번역기를 거치지 않고 바로 스며들기 시작할 무렵 깨달았다. 이 사회에는 프로이트라는 또 하나의 메시아가 있(었)다는 사실을. 네 이웃도 원수도 사랑하라 한 예수, 자본계급에 대한 노동계급의 투쟁을 역설한 마르크스Karl Heinrich Marx처럼 바깥세상을 향한 우리의 태도를 설파했던 선대 메시아들과 달리, 프로이트는 우리의 내면 깊숙한 곳, 무의식의 세계로 향한 문을 열며 그 속으로 안내했다.

이성의 통제를 받는 사고와 인식의 세계 너머에는, 자아가 수용하지 않고 어두운 곳에 가둬버린 무의식이 숨 쉬고 있다는 사실을 처음 세상에 천명한 사람이 프로이트다. 무의식은 프로이트 이전에도 인류와 함께 항상 존재해왔을 터이나, 프로이트가 그것을 명명한 이후 무의식의 동굴에 불이 켜진 듯, 사람들은 비로소 그 안을 들여다보기 시작했다.

광범위하게 퍼진 우울증과 자살자 수에서 어디에도 뒤지지 않는 곳이 한국 사회지만, 단편적 지식 체계로 전해졌을 뿐 정신분석학적 사고 체계는 그다지 농밀하게 퍼져 있지 않았기에, 한국 사회와는 사뭇 다른 이곳의 공기는 내게 금방 포착될 수 있었다.

프로이트가 정립한 세계가 프랑스 사회에 뿌리를 탄탄히 내리고 있음을 처음 감지하게 된 것은 이곳 사람들이 자주 사용하는 어휘 lapsus(랍쉬스)를 통해서다. 랍쉬스는 본래 하려던 말과는 다르게 튀어나오는 말 혹은 글을 통해 나오는 실수를 가리킨다. 라틴어에서 온 말로 본래의 의미는 '추락'이다. 들키면 안 되는 본심, 내면에 꿈틀거리는 무의식이 의식의 통제를 뚫고 나와 마치 주워 담기 힘든 물을 엎지르는 것 같은 상황은 화자를 추락시킬 수 있기에, '추락'이 '말실수'가 된 것은 흥미로운 진화다. 아이든 어른이든, 진지한 자리든 가벼운 자리든, 프랑스인들은 쉽게 상대의 랍쉬스를 간파하고 검지를 곧추세워 랍쉬스가 방금 드러낸 사실을 확인하며 놀리거나, 한쪽 눈을 찡긋하며 서로 의미심장한 미소를 주고받곤 한다.

연인과 헤어질 결심을 하고 있었으나 상대에게 아직 말하지 못했던 어느 날, 내 입에서 튀어나온 랍쉬스를 통해 상대가 현실을 간파한 경우가 있었다. 실수로 드러낸 내면 앞에서 상대는 내 마음이 돌이킬 수 없는 상황임을 인식했고, 결과적으로 나의 랍쉬스는 헤어짐을 수월하게 만들어준 계기가 되기도 했다.

랍쉬스는 직관이 일찍이 간파하고 있는 것에 대한 증거물이 되기도 한다. 기자들이 집요하게 정치인들의 랍쉬스를 파고드는 것도 그것이 대중이 공유하고 있는 집단 무의식에 심증을 더해주곤 하기 때문이다.

2022년 4월 6일, 프랑스 텔레비전 채널 TF1 뉴스에 출연한 마크롱은 러시아와 관련해 이렇게 말했다. “프랑스의 이름을 걸고, 저는 기필코 평화를 피하기 위해 지속적으로 러시아 대통령에게 조언해왔음을 이 자리에서 확실히 밝히는 바입니다.” 마크롱은 이 과장된 확언 중에 ‘전쟁’을 피한다고 말하는 대신 ‘평화’를 피한다고 말했다. 이 치명적 실언은 미국의 군사제국주의를 유럽에 확산시키는 전쟁기계 나토NATO와 그 충직한 하수인 역할을 수행해온 그의 행보에 대한 세간의 의심에 심증을 더하게 해주었다.

한 달 뒤인 5월 18일, 미국의 전 대통령 조지 부시George Walker Bush는 러시아의 우크라이나 공격을 비판하는 연설에서 “이라크에 대한 완전히 부당하고 잔인한 공격"이라 언급하면서 청중을 놀라게 했다. 2003년 부시가 주도했던 이라크 전쟁은 '대량살상무기' 보유라는 입증되지 않은 첩보를 근거로 진행된 명백히 부당한 침략이었다. 그러나 미국은 그들이 자행한 무단 침략의 대가를 치른 바 없기에, 미국이 우크라이나 전쟁과 관련해 주도하고 있는 국제사회에서의 러시아 고립, 전면적 경제 봉쇄 조치에 대한 정당성이 비판에 직면하던 중이었다. '우크라이나' 대신, '이라크'라 했던 부시의 말은 무의식이 털어놓은 자백인 셈이다.

프로이트는 랍쉬스에 대해 "말을 명령하고 충동을 억제하는 의식과 주체의 통제에서 일시적으로 벗어난 무의식의 내적 갈등의 표출"이라 설명했다. 상기한 두 에피소드를 전하는 프랑스 언론을 통해, 이러한 프로이트식 해석이 프랑스 사회에 광범위하게 퍼져 있음을 재확인할 수 있었다. 마크롱과 조지 부시의 내면에서 잇달아 갈등을 빚게 만든 러시아와 우크라이나 사이의 무력 충돌은, 드러난 사실 이면에 더 많은 복잡한 진실이 감춰져 있음을 암시해주기도 한다.

20세기 초 비엔나. 무의식으로 가는 동굴의 문을 연 프로이트 주변엔 명민한 당대의 엘리트들이 모여들었다. 우연히도 그들은 모두 유대인. 예수의 열두 제자처럼 그들은 스승을 중심으로 강력하고 매력적인 현대의 종교(!)를 구축해갔다. 그들 대다수가 의사였고, 프로이트에게 정신분석학에 대한 결정적 영감을 제공한 파리 살페트리에르 병원의 의사 샤르코Jean-Martin Charcot도 최면요법으로 신경증 환자를 치료하는 신경의학자였기에, 정신분석학을 부단히 과학으로 분류하고자 했으나 거기엔 걸림돌이 적지 않았다. 프로이트가 정신분석학을 창안하면서 놓은 두 개의 주춧돌 '인간의 무의식'과 오이디푸스 콤플렉스로 대표되는 '유아기의 성적 욕망'을 과학적으로 입증하는 것은 간단한 문제가 아니었기 때문이다. 특히 후자는 프로이트 학파 분열의 단서가 되기도 했다. 신경증의 주된 원인이 유아기에 충족되지 않은 성적 욕망이라는 프로이트의 이론은 비엔나의 정신분석학회 일부 멤버들의 반발을 일으켰으나, 프로이트는 이들의 반론을 용납하지 않았다. 그리하여 오토 랭크Otto Rank, 칼 융, 빌헬름 라이히Wilhelm Reich, 알프레트 아들러Alfred Adler가 차례로 그와 결별했다. 둥지를 떠나 저마다 새로운 이론을 발전시키며 일가를 세운 이들이 잊지 않고 보따리에 챙겨 넣었던 것은 '무의식'이다.

무의식은 자기만의 언어를 가지고 있다. 정신분석학이 하는 일은 무의식을 드러내는 것이며, 그것은 꿈, 랍쉬스, 악트 망케acte manquée 등을 통해 드러난다.

정신분석학을 피어나게 해준 프로이트의 기본 전제에는 아무도 이의를 제기하지 않았다. 그것은 이후 제기된 수많은 비판 속에서도 프로이트의 메시아적 지위를 지키게 해준 핵심이다.

프랑스에서 정신분석학이 대중적 지지를 획득하게 된 데는 자크 라캉Jacques Lacan의 역할이 지대했다. 그는 1964년, 일군의 정신분석학자들과 함께 파리에 프로이트 학회를 설립했는데, 이는 1980년 해산되기 전까지 세계에서 가장 큰 규모로 성장한 정신분석학회로 꼽힌다. 라캉 개인이 가진 탁월한 언변은 난해하게 보이는 정신분석학을 대중에게 설득시켰으며, 미테랑의 주치의를 지내며 쌓은 사회적 영향력과 그가 누린 스타 지식인의 지위 등에 힘입어 곳곳에서 비판받고 타격을 입고 있던 프로이트의 이론은 프랑스에서 굳건한 황금기를 누린다.

"모든 악트 망케는 성공한 연설이다." 라캉의 이 유명한 문장은 프로이트의 무의식 이론을 잘 설명해준다. 랍쉬스가 부지불식간에 튀어나온 실언이라면, 악트 망케는 실수로 저질러진 행동이다. 엉뚱한 사람에게 잘못 보낸 문자메시지, 무심코 쓰레기통에 버려진 중요한 서류, 가기로 마음먹은 곳과 다른 곳으로 나를 이끈 발걸음 등은 무의식이 의식을 뚫고 나와 내게 건넨 연설인 것이다. 우린 유심히 그 행동들을 응시할 필요가 있다.

프랑스 사람들은 '내 미용사ma coiffeuse'를 말하듯 쉽게 '내 심리치료사mon psy'를 언급한다. 그가 psychiatre(정신과의사)든 psychologue(심리학자)든 psychothérapeute(심리치료사)든 psychanalyste(정신분석가)든 많은 이들이 자신의 무의식에 갇힌 생각과 경험, 두려움, 회한, 욕망 등을 마주하고, 자아와 화해하고 치유하는 것을 도와줄 사람들을 갖고 있다. 그리고 그들이 상담 중에 건넨 말은 일상의 대화 속에 흔하게 등장한다. 프랑스의 대학 심리학과에서 가르치는 심리학 이론의 95퍼센트가 여전히 프로이트 이론에 바탕을 두고 있다는 사실은 이 거대한 산업의 교주가 누리는 권력이 아직도 건재함을 입증한다.

프랑스 사회에서 프로이트(와 그가 연 세계)가 누리고 있는 영향력은 코로나19의 환란 속에서도 다시 입증됐다. 코로나19로 인해 프랑스 정부가 시행한 두 차례의 봉쇄령과 대학의 비대면 강의 정책은 청소년과 대학생들의 삶을 강타했다. 그들은 삶의 의미와 활력을 상실했고, 작은 기숙사 방에서 고립되어 인터넷만 들여다봐야 했던 대학생들은 불안한 현재와 불투명한 미래 속에서 붕괴되어갔다. 대책을 촉구하는 대학생들의 시위가 있고 나서 정부가 마련한 지원책에는 8회의 심리상담을 무상으로 받을 수 있게 하는 정부 지원금이 포함되어 있었다.

수 세기 동안 가톨릭 사제들에게 정기적으로 고해성사를 하는 것으로 제 무의식 속에 꿈틀거리던 죄의식과 금지된 욕망, 갈등을 마주하던 사람들은 이제 자신의 심리치료사 앞에서 그 의식을 행한다. 골목과 상가마다 붉은 십자가가 있는 한반도 이남과 달리 여긴 골목마다 자그마한 간판을 단 심리상담사, 심리치료사들이 고객을 기다린다.

곳곳에서 랍쉬스를 발견하고 음미하는 사회에 흠뻑 물든 나의 관점에서, 2012년 대통령 선거를 앞둔 11월 25일, 박근혜 당시 새누리당 대선 후보의 "대통령직을 사퇴합니다" 발언은 역대급 랍쉬스였다. 그녀는 대통령 선거 출마를 위해 국회의원직을 사퇴하겠다는 발표를 하기 위해 기자회견을 하던 중이었다. 결과적으로 자신의 임기 중 닥칠 일을 예견한 셈이기도 한데, 새누리당의 권력을 이어줄 선거용 인물로 추대된 그에게 강력한 집권 의지가 있는지를 의심케 하는 랍쉬스였다. 당선 이후 보여준, 누군가의 꼭두각시인 것 같은 무기력한 행보와 결국 탄핵되어 감옥에 가게 된 결말을 본다면 더욱 그런 심증을 갖게 된다. 그녀의 랍쉬스를 읽을 줄 아는 대중의 시선이 있었다면, 그런 사람이 대통령이 되어 모두가 불행한 시간을 겪는 일을 막을 수 있었을지 모른다.

2017년 6월 29일 미국을 방문한 문재인 전 대통령이 백악관 방명록에 "대한미국 대통령 문재인"이라 기재했던 사건은 한층 다른 차원의 문제를 야기했다. 이 놀라운 랍쉬스는 사진을 통해 언론에 전해졌으나, 소셜미디어에서 문재인의 극단적 지지자들은 '대한민국'이라 적힌 가짜 사진을 유통시키며 '대한미국'이 오히려 언론 조작의 산물이라 당당히 주장했다. 다음 날 청와대가 대통령이 저지른 실수를 확인해주기 전까지, 대한미국 사진 조작설은 거의 정설로 받아들여지기에 이른다. 정치인을 교주 따르듯 신봉하는 신자가 되어버린 그의 지지자들은, 사이비종교의 신도들이 흔히 그러하듯 조작에 아무 거리낌이 없었다. 그들의 난동에 위축된 언론은 다음 날, 대통령이 저지른 "단순 실수"였다며 사건을 무마했다. 자국의 국호를, 타국의 대통령 관저에 가서 잘못 적은, 심지어 그 국호 속에 타국의 국호가 들어가도록 기재한 대통령의 실수는 결코 '단순한' 실수일 수가 없음에도, 어떤 언론도 감히 '대한미국'이란 랍쉬스가 드러내는 문재인의 내면을 분석하려 들지 않았다.

랍쉬스가 드러내는 의미를 매 순간, 저마다 분석하다 보면 과도하게 남용되는 측면이 분명히 있는 것도 사실이나, 그 의미를 무시하고 무의식이 전하는 메시지를 매번 휴지통 속에 처넣는 것도 현명한 처사는 아닌 듯싶다. 인간 행동의 90퍼센트가 무의식의 지배를 받는다는 사실에 동의하고, 무의식의 동굴로 가는 열쇠가 발견된 지 1세기가 넘었다는 사실을 알고 있다면.

Toute grande pensée est de l'ordre du *lapsus.*

모든 위대한 사고思考는 랍쉬스다.

-장 보드리야르 Jean Baudrillard(철학자, 사회학자)

Belle-mère

(벨메르: 새어머니, 시어머니…)

나의 아름다운 새어머니

우리말에서 가장 복잡한 영역 중 하나가 사람 사이의 관계를 규정하는 호칭이다. 특히 친족 간 호칭은 퍼즐 조각처럼 짜 맞춰야 완성되는 복잡한 체계다. 인터넷에 보면 대기업 임원 조직도를 방불케 하는 친족 호칭 도표가 떠다닌다. 상하좌우 대각선으로 구도를 이루는 이 관계들은 호칭을 통해 서로에게 감당할 것과 기대할 것들의 사회적 기준을 정교하고 은밀하게 제시한다.

처형, 처남, 시누이, 동서, 당숙, 이모, 고모, 숙모, 숙부, 백부, 삼촌, 사촌, 매형, 처제, 형부, 질부, 질녀…. 한국어를 배우는 외국인에게 감히 이것들을 다 암기해야 한다고 나는 결코 말할 수 없다. 아무리 의욕이 넘친다 해도 그건 다음 생에 혹시 한국인으로 태어나면 시도해보시라 권한다. 50년 넘게 한국인으로 산 나도 아직 이 단어들을 다 사용해보지 않았고 앞으로 사용할 의지도 없기 때문이다.

우리의 친족 간 호칭이 친인척 관계의 방정식을 면밀하게 측정하고 규정하는 데서 최고봉에 이르렀다면, 프랑스어의 그것은 친족 관계를 더할 수 없이 헐겁고 가벼운 것으로 만드는 데서 극단적 신공을 발휘한다.

Belle-mère(벨메르), 직역하자면 '아름다운 어머니'라고 할 수밖에 없는 이 말은 계모를 일컫는 말인 동시에 시어머니, 장모, 아버지의 여자친구를 두루 가리킨다. 내 친어머니가 아니지만 어머니와 비슷한 지위에 앉아 있는 모든 가짜 어머니들을 가르키는 말이다.

"이분은 나의 벨메르야"라고 누군가 소개한다면, 그분이 화자의 시어머니인지, 화자의 아버지의 새 부인인지 알 방도는 없다.

Belle-soeur(벨쇠르)도 마찬가지다. 직역하면 '아름다운 자매'다. 그러나 이는 남편의 여자 형제, 오빠 혹은 남동생의 아내, 아내의 자매, 엄마 혹은 아빠가 다른 자매, 새엄마가 데리고 온 자매 등 친자매가 아닌 자매를 두루 일컫는다.

'아름다운'이라는 뜻인 belle(벨)의 남성형은 beau(보)이므로, 남성 친인척에 대해선 이것을 앞에 붙여서 모든 복잡한 친인척 호칭을 해결한다. Beau-père(보페르)는 엄마의 새 남편을 의미하는 동시에, 남편의 아버지, 아내의 아버지를 의미한다.

친인척으로 엮인 모든 인간관계에 형용사 하나를 얹어 단순화해버리는 이 극도의 대담성은 높이 사겠지만, 하필 '가짜'를 표하는 단어가 '아름다운'을 뜻하는 '벨'이나 '보'로 대체된다는 사실은 놀랍다. 반어적으로 들리기도 한다. 《신데렐라》나 《백설공주》 동화가 보여주듯, 계모에게 부여되는 이미지는 서양에서도 부정적인 것이 대부분이며, 시어머니나 장모 또한 마냥 편하게 여기는 존재는 아니기 때문이다.

이 의문을 해결하기 위해 중세 이전까지 그 어원을 거슬러 올라가보았다. 그땐 프랑스어에도 계모와 계부를 뜻하는 marâtre, parâtre라는 단어가 별도로 존재했다. 하지만 이 단어가 갖는 부정적 의미가 갈수록 굳어지자 사람들은 이 말 자체를 피하다가 결국은 폐기하기에 이르고, 13세기에 와서 이 말은 벨 혹은 보라는 형용사와 명사를 결합시킨 합성어로 대체된다. 본래의 어두운 이미지에서 가장 멀리 있는 의미의 단어가 그 자리를 대신하게 된 것이다.

여기서 벨은 '아름다운'이란 기존 의미보다 '친애하는'에 가깝다. 어렵고 불편한 관계일수록 예의와 애정을 담아 부르는 것으로 단어가 가진 운명을 극복해보기 위한 도전에 나선 것이다. 이 언어학적 도박은 성공적이었던지, 벨과 보를 붙여서 표현되는 친인척 관계는 마구 늘어나 오늘에 이르렀다.

부엌에 가면, 빵 칼, 생선 칼, 고기 칼, 과일 칼, 치즈 칼, 버터 칼 등 칼 종류만 일고여덟 가지를 놓고 구별해서 쓰는 나라에서, 사람에 대한 호칭은 다소 엉뚱한 합성어를 하나 발굴해 두루 돌려쓰는 모습은 재미있기도 하다. 결정적 대목에서 허술하면서도 엉뚱한 프랑스 사회를 잘 보여주는 현상이기도 하다. '이 사람은 내 보프레르beau-frère'라고 소개하면 그 사람이 의붓형제라는 건지, 여동생의 남편이란 건지, 남편의 남자 형제라는 건지 알 길이 없음에도, 그 모호한 상태를 해결할 의지 없이 이들은 별문제 없이 수 세기를 살아왔다. 그 자세한 내막은, 소개 이후 들려주는 이야기를 통해 차차 알게 되거나 또는 거기서 멈추거나, 관계의 밀도에 따라 달라질 수 있을 것이다. 이토록 관계를 규정하는 성긴 호칭은 서로 적당한 거리감을 유지하도록 사람들을 길들인다. 지나친 관심도, 애정도, 간섭도 사양하게 만드는 오지랖 방지의 기능이 작동하는 것이다.

나로부터 한 다리 건너 계신, 그러나 친척으로 얽힌 모든 분을 '친애하는' 존재로 대하겠다는 800년 전 사람들의 결단은 이들을 복잡한 친인척 호칭 관계도로부터 벗어날 수 있게 해주었다. 언어적 관용이 허락한 해방은, 인간관계에 기꺼이 참을 수 있는 가벼움을 선사한다. 내부 집단에서 가벼워진 중력은 낯선 이들 사이에서 넉넉하게 봉주르를 시전하는 여유를 허락하기도 한다. 낯선 사람들끼리 길을 가다가, 공원 벤치에서 서로 눈이 마주치면 별다른 꼼수도 흑심도 없이 인사와 미소를 건넬 수 있게 해주는 여유는 친인척 관계 안에서 작동하는 헐거운 구심력과 관계가 있어 보인다.

그럼에도 프랑스엔 이런 속담이 전해져온다.

> Le mariage c'est pas la mer à boire, mais la belle-mère à avaler.
> 결혼은 바다를 마시는 것이 아니라, 시어머니(혹은 장모)를 삼켜야 하는 일이다.

'아름다운'이란 의미를 더해 합성어를 만들며 애를 써봐도 시어머니나 장모는 본질적으로 어렵고 부담스러운 존재임을 환기해주는 말이다. 내가 선택한 동반자의 어머니는 한 존재를 둘러싼 애정의 서열에서 나와 경쟁 관계에 있는 사람이 될 확률이 높은 탓이다. 이래저래 형용사 벨, 보가 프랑스어에서 짊어진 무게는 막중하다.

Vie par procuration

(비 파르 프로퀴라시옹: 대리 인생)

왜 한국 드라마엔 늘 복수극이 등장하는가

숲에서 나오면 숲이 잘 보인다. 지구 밖에서 보면 지구가 둥글고 푸른 별임이 자명해지듯.

이 당연한 사실은 숲 밖으로 나온 자들이 얻는 소소한 이득이다. 그러나 하나의 이득을 취한 대신 다른 것을 내놔야 한다. 인어공주가 다리를 얻은 대신 목소리를 내놔야 했던 것처럼. 숲을 나온 자들에겐 다른 숲에서 새롭게 뿌리를 내리거나, 경계인이 되거나, 유목하는 삶에 대한 선택이 남아 있다. 어떤 선택을 하든, 박혀 있던 뿌리를 뒤흔들며 빠져나가는 과정에서 많은 에너지를 소모한다. 그리고 뿌리내리지 못한 타지에선 성장이 아니라 존재 자체를 위해 부단히 애써야 한다. 이 과정에서 그들은 관찰하고 판단하는 법을 스스로 터득한다. 물론 이 과정에서 탄성의 힘을 빌어, 더 멀리, 더 높이 도약하는 힘을 획득하기도 한다. 어떤 경우든, 넓고 민감한 시야는 태초의 울타리를 벗어나 제 힘으로 줄타기하며 살아가는 자들이 의지하는 생존 도구다.

처음 프랑스에 와서 놀랐던 것 중 하나가 연속극을 보는 문화가 없다는 사실이다. 굳이 찾아보면 프랑스에도 1950년대부터 드라마라는 것이 꾸준히 만들어지긴 했지만, 이 사회에서 드라마가 갖는 위상은 한국에서의 그것과 비할 수 없다. 드라마를 보는 사람들도 있지만, 그런 것이 있는지도 모르고 사는 사람들이 더 많다. 20년간 이곳에 살면서 드라마를 즐겨 보는 지인은 만난 적이 없다. 집에 텔레비전이 없는 경우도 허다하다. 이 글을 쓰면서 다시 주변에 확인해보니 가족, 친지 중에 드라마를 보는 사람은 있었지만 자신이 본다는 사람은 역시나 한 명도 없었다.

반면, 내가 아는 한국인 중 드라마를 안 보는 사람은 아무도 없었다. 물론 나를 포함해서다. 주말 연속극, 일일 연속극, 미니시리즈, 수목드라마로 촘촘히 채워지는 저녁 시간, 매년 온 나라를 흔드는 국민 드라마가 탄생하고, 온 국민이 한동안 그 드라마 얘기만 할 뿐 아니라, 한 회가 끝나고 나면 언론들이 앞다퉈 장면을 해석해주고 인터넷엔 감상 평이 넘쳐나며, 인기 드라마의 주인공들을 당분간 광고에서 겹치기로 보게 되는, 한국은 명실공히 드라마 왕국이다. 그런 나라에서 살아왔던 나에게 드라마를 푸대접하는 프랑스의 문화는 거짓말처럼 보였다.

드라마를 보지 않는 대신, 프랑스 사람들은 저녁 시간에 뭘 할까? 프랑스인들은 수다의 대마왕이다. 그들은 밤새 말하면서 논다. 친구끼리, 가족끼리, 연인끼리. 그들의 저녁 식사가 괜히 서너 시간이 되는 게 아니다. 식전주와 전식, 전식과 본식, 본식과 후식 사이 얼마든지 시간이 늘어져도 그들은 프롤로그, 기승전결에 에필로그까지 곁들여가며 얼마든지 긴 대화를 즐긴다. 초대받은 집에서 식사가 끝나고, 이제 일어나 나가려 할 때, 문간에 서서 못다 한 이야기를 하느라 30분씩 서 있는 건 다반사다.

그런 프랑스에도 조금씩 변화가 일기 시작했다. 90년대 말부터 한국 영화가 영화 팬들 사이에 강렬한 인상을 심기 시작한 이후, 드라마가 조용히 그 뒤를 이었다. 특히 코로나19가 기승하던 3년여간 넷플릭스가 바깥출입이 자유롭지 않은 사람들을 소비자로 대거 포섭하면서, 드라마 왕국 한국의 세계 정복 역사에 프랑스도 휩쓸려 들어가는 모습이 포착됐다.

이런 분위기 속에서 최근엔 한국 영화나 드라마에 대해 내게 묻는 사람들을 종종 만날 수 있었다. 예를 들면 "왜 한국 드라마나 영화에선 허구한 날 복수극이 나오는가?" 같은. 한국 사회에선 전방위적 갑질과 그로 인한 속 터짐이 전 세대에 걸쳐 반복되는데, 법이나 사회적 정의는 드물게 작동하고 개인적 응징은 불가능에 가깝기에 드라마가 대신 그걸 해주는 역할을 맡은 걸로 보인다고 설명하면, 이들은 "Ils vivent par procuration[그들은 (드라마를 통해) 대리 인생을 사는군요]"라고 응수한다.

여기서 procuration(프로퀴라시옹)은 다른 사람에게 자신을 대신할 수 있는 권한을 준 것을 의미하며, 영어의 by에 해당하는 전치사 par(파르)가 더해져, par procuration은 '대리로' '대신하여'라는 의미의 부사구가 된다. Vivent(비브: 살다)는 동사 vivre의 3인칭 복수에 해당한다. 또한 vie(비)는 삶이란 의미의 명사로, vie par procuration은 '대리 인생'이란 뜻이 된다.

우리가 단체로 대리 인생을 살고 있다? 이런 해석을 프랑스 사람들의 입을 통해 들었을 때, 머리를 세게 얻어맞은 기분이었던 건, 그 말이 크게 틀리지 않기 때문일 것이다.

학교 폭력의 희생자가 전 인생을 통해 치밀하게 복수를 준비해 가해자들을 빠짐없이 응징하는 드라마 〈더 글로리〉(2022~2023)가 한국에서 폭풍 같은 인기를 끌었던 것에는 드라마의 완성도 외에도 그런(대리만족을 시켜주는) 이유가 있음을 추측할 수 있다. 유럽에선 상대적으로 이 드라마의 인기가 시들했던 것도 비슷한 이유로 설명된다. 이쪽 사람들에겐 '복수'의 정서 자체가 희박하거니와 드라마가 내가 할 수 없는 일을 대신해주길 기대하는 대중심리는 더욱 기대할 수 없고, 학교 폭력이 차지하는 사회적 문제의 비중도 다르기 때문이다.

왜 대다수의 드라마에서 준재벌급의 부자가 필수 옵션으로 등장하는지도 이들에겐 의문이다. 드라마가 맡은 또 다른 사명은 눈요기, 화려한 볼거리의 제공이다. 현실의 내 삶이 누추할지라도 드라마를 통해 부자들의 세계를, 돈의 힘이 가능케 하는 일들을 들여다보며 그들의 세계를 사는 것이라는 해석을 들려주면 또다시 "C'est une vie de procuration(대리 인생인 거네요)"라는 평이 나온다.

문학이든 드라마든 영화든, 우리가 삶에서 직접 접하지 않은 것들을 간접적으로 경험하게 해주는 공통된 기능이 있다. 그러나 한국 사회에서 드라마가 차지하는 역할이 우리가 여가 생활이라 부르는 단계를 넘어선 측면이 있다고 느껴왔다. 드라마의 가공된 세계를 일정 거리를 두고 비판적으로 바라보거나 재미를 추구하는 것을 넘어, 일상의 일부를 거기에 의탁한 것처럼 보이는 것이다. 'par procuration'이란 표현은 그런 생각을 정확하게 요약해준 말이었다. 예컨대 기 드보르Guy Debord가 말한 '스펙타클의 사회'의 정점에 우리 사회가 서 있는 것처럼 보인다.

프랑스의 작가이자 철학자였던 기 드보르는 자신의 저서 《스펙타클의 사회》에서 "현대사회는 스펙타클의 축적물이고, 스펙타클 사회의 성원들은 더 이상 자신이 속한 세계를 자신의 고유한 시선으로 바라보고 파악하지 못하며, 전문화된 매개물들을 통해서만 세계를 인식한다"라고 설파했다. 이런 세상에서 내가 하지 못한 복수를 드라마가 대신해주면 쾌감을 느끼고, 나 자신의 삶이 초라할지언정 드라마에 부자들이 즐비하면, 그런 풍요로운 세상에 우리가 살고 있는 듯한 착각에 몰입된다. "상품에 대한 물신주의는 스펙타클 사회의 완성된 형태다. 이런 사회에서 개인은 '노동자'로서 억압받고 착취당하지만, '소비자'로선 대우받는다"는 기 드보르의 스펙타클 사회에 대한 정의는, 고객님일 때만 사람 대접을 받기에 노동자로서 당하던 억압을 고객님이 되어 해소하는 악순환 속에서 갑질이 고질적 사회현상이 된 우리의 현실을 떠오르게 한다.

2023년 4월 말, 루이비통사가 한강 잠수교에서 드라마 〈오징어 게임〉(2021)의 히로인을 오프닝 모델로 세워 진행한 패션쇼는 상품에 대한 물신주의로 귀결된 스펙타클 사회의 결정판을 완성하는 장면이었다. 2022년, 대한민국은 1인당 명품 소비 세계 1위에 등극했고, 전 세계의 명품 기업들이 앞다퉈 한국 시장을 공략하고 있다는 얘기도 전해졌다. 국내 언론은 세계 명품 메이커들이 한국 시장을 주목하고 있다며 승전보라도 되는 듯 이 소식을 타전했지만, 다른 각도에서 보자면, 소위 명품을 팔아 세계 최고의 부호가 된 LVMH(모엣 헤네시·루이비통) 그룹의 베르나르 아르노Bernard Arnault의 레이다망에 한국이 가장 탐스러운 먹

잇감으로 포착되었다는 말이기도 하다. 현대사회의 권력인 자본과 그것을 상징적으로 구현해주는 스펙타클에 현혹되어, 스펙타클이 보여주는 세상에 자신을 끼워 맞추기 위해 저마다 명품 가방을 구입하는 현실의 우화를 루이비통의 잠수교 패션쇼는 집약해준다. 24시간 동안 막힌 한강 다리에 대해 아무 설명도 듣지 못해 분통 터진 시민들, 아무 항의도 할 수 없었던 현실은 지난해 동안 21조어치의 명품을 사들인 사회가 지불하는 소소한 대가다.

스펙타클 사회에선 구차한 현실의 삶을 헤쳐가는 것보다, 다중의 바람대로 복수극 혹은 역전극을 착착 실천해가는 스펙타클을 응원하는 것이 훨씬 쉽고 간편하다. 자본이 선택한 스펙타클을 멋지게 펼쳐주는 인물의 팬이 되어 그를 응원하며 살아가는 것이 더 승률 높은 게임이 된다. 그가 정치인이든 연예인이든 운동선수든. 제힘으로 정의를 실현하려는 자들이 번번이 바위 같은 장벽에 떠밀려 뜻을 이루지 못하고 낙오하는 모습을 숱하게 보기 때문이다.

세계적으로 높은 호응을 얻었던 〈오징어 게임〉은 오늘날 한국 사회에서 펼쳐지고 있는 만인의 만인을 향한 필살의 경쟁, 그것을 조장하고 뒤에서 숨어 즐기는 타락한 지배계급의 모습을 탁월한 영상 언어로 보여준다. 그러나 이 작품이 드러내는 현실의 디스토피아를 논하기에 앞서, 그것이 거둔 세계적 성공은 국뽕의 결정판으로 한국 사회를 직진하게 만들었다.

칸영화제와 아카데미 영화제에서 작품상을 수상한 〈기생충〉(2019)의 성공도 비슷한 방식으로 소모되었다. 한국 사회라는 풍성한 재료를 물오른 연출로 요리해낸 봉준호의 역작은 두 영화제에서 상을 받으며 '위대한 대한민국'의 영광을 연호하게 해준 반면, 작품이 일으킨 사회적 반향과 그것이 드러낸 사회현상에 대한 분석은 자축의 황홀한 축배 속에서 실종됐다. 주류 언론의 팡파르가 그런 현상을 주도했다.

기 드보르가 포착했듯이 현대사회는 어디든 스펙타클 사회다. 팬데믹 초기, 중국에서 벌어진 몇 가지 극단적 장면을 전 세계 방송이 보도하고, 언론이 날마다 경악스러운 숫자를 반복해 전하면서 순식간에 공포가 세상을 장악했던 것은 좋은 사례다.

BTS와 〈오징어 게임〉이 세계시장에서 각광받는다는 사실은 한국인들에게 세계를 지배하고 세계인을 열광시킨다는 환상을 제공한다. 국가는 국뽕을 부추김으로써 국민의 지지를 얻어내고, 국민들은 스타가 판매하는 굿즈goods를 소비하며 국뽕을 실컷 들이켜는 것으로 그들의 지배를 받는다. 권력과 자본은 그렇게 스펙타클을 내세워 손쉽게 국민의 복종을 얻는다. 그렇게 부풀려진 국가적 자부심은 한국을 팬데믹 기간 중 가장 순종적 국민으로 이끌기도 했다. 그러나 일사불란한 순종이 보답해준 것은 아무것도 없다. 최근까지도 인구 대비 가장 많은 일일 확진자를 낳는 국가로 기록되는 모순된 현실*과 K방역이라는 근거 없는 자부심의 뿌연 기억만 남아 있을 뿐.

1967년 기 드보르가 그러했듯, 굳이 숲에서 나오지 않더라도 한 발자국 물러서 자신이 속한 무리를 바라보는 것은 가능하다. 인간에겐 누구에게나 오성悟性이 있다. 칸트Immanuel Kant에 따르면 오성은 객관적이고 보편타당한 진리를 파악하는 인간의 선천적 능력이다. 16세기의 18세 소년 에티엔 드 라 보에시Etienne de La Boetie가 자발적 복종의 관성에 물든 사람들 사이에서 "독재자가 커 보이는 것은 우리가 그의 무릎 아래 있기 때문이다. 우리가 일어선다면 그는 더 이상 우리 위에 있지 않을 것"이라고 설파할 수 있었던 것은 바로 그의 오성이 작동했기 때문이다. 그러나 우리 안에 내재한 오성을 오랫동안 자각하지 못한다면, 스펙타클의 포로가 되어 자본의 각본대로 영영 대리 인생을 살아갈 수도 있을 터다.

Le bon peuple se satisfait du bonheur *par procuration.*

착한 백성은 대리 행복에 만족할 줄 안다.

-장 디옹 Jean Dion(작가)

* https://ourworldindata.org/coronavirus 참고.

Il s'est eteint

(일 세 에탱: 그의 생명의 불이 꺼지다)

단선적 세계와 회귀하는 세계

2022년 8월, 《꼬마 니꼴라》로 널리 알려진 프랑스의 국민 만화가 장자크 상페Jean-Jacques Sempé가 세상을 떠났다. 상페가 남긴 한 컷 한 컷의 만화들은 잠시 멈춰서 미소 지으며 음미하고픈 한 숟가락의 수프처럼, 바람에 실려 날아온 알 수 없는 매혹의 향기처럼 사람의 마음을 가만히 두드린다. 그의 그림들은 사람과 사람, 사랑과 이별, 환희와 공허 사이, 우리의 심장이 조용히 떨리는 순간을 포착하며 때론 고요한 슬픔을, 때론 당혹스러운 질문을 던지곤 했다. 그의 죽음을 알리는 프랑스 언론은 이렇게 적고 있었다.

Jean-Jacques Sempé s'est éteint à 89ans.

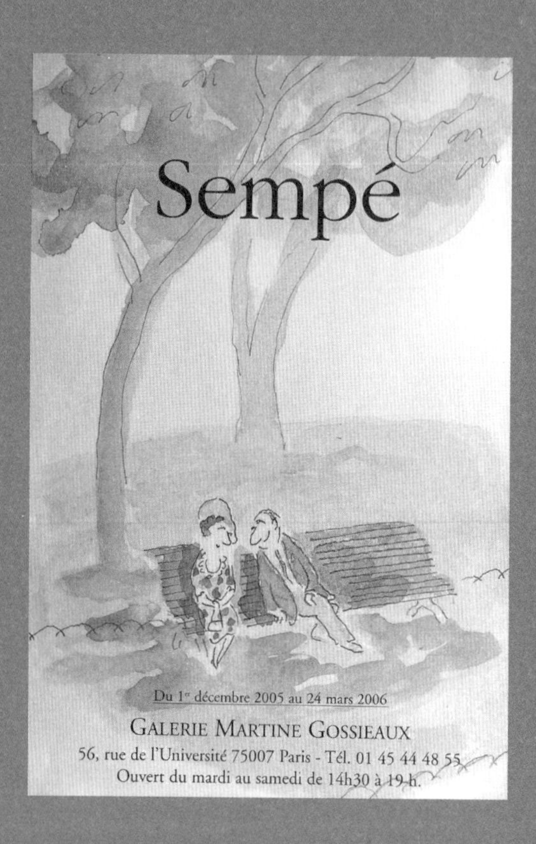

2005년 마르틴 고시오 갤러리에서 열린
장자크 상페 전시 포스터.

장자크 상페, 89세를 일기로 (불) 꺼지다.

Éteindre는 '불(등불, 촛불, 전원)을 끄다'는 의미의 타동사다. 재귀동사를 만드는 se가 더해진 과거형 s'est éteint에서 '불이 꺼졌다'는 의미, 즉 사망했다는 표현이 된다. 한 사람의 인생을 평생 타오르다 마침내 꺼지는 불로 바라보는 낭만적인 프랑스식 표현은 시작과 불가역적 종착역이 있는 '직선적 세계관'을 투영한다. 이는 잘만 하면 종착점에 이르러 천국의 문에 도달할 수 있는 옵션을 포함한 기독교적 세계관이기도 하다.

반면, 한국어에서 사망을 뜻하는 '돌아가셨다'라는 표현은 사후 세계에 대한 개인의 생각이 무엇이든 순환적 세계관에 대한 집단 무의식을 드러낸다. 망자의 집인 무덤 위엔 생전에 그가 어떤 부귀영화를 누렸든 흙 이불이 두둑이 덮일 뿐이다. 언어적 표현을 통해서뿐 아니라, 죽은 이가 거하는 공간을 통해서도 모든 지상의 생명체가 그러하듯, 흙에서 와서 온전히 흙으로 돌아가는 생애의 주기를 구현해낸다. 흙 대신 육중한 대리석으로 덮인 유럽인들의 무덤에서는 찾기 어려운 인생관이다.

매장의 문화는 동서양이 같지만, 불이 꺼진 것으로 죽음을 표현하는 언어 속에선 회귀의 사고가 들어 있지 않다. 흙 봉분으로 덮인 자연스러운 무덤이 아니라, 무거운 돌로 망자의 집을 짓는 점도 이러한 사고를 드러낸다.

이처럼 언어는 우리의 의식을 투영해내는 도구인 동시에, 우리가 망각하고 있던 의식의 뿌리를 알려주는 증거물이 되기도 한다. 각자의 종교적 신념과 무관하게, 여전히 한국인의 집단의식 속엔 불교의 윤회적 세계관과 중국 철학의 음양오행 사상이 영향력을 행사한다.

우리의 일상 대화 속엔 이번 생은 망했다든가 다음 생엔 어떻게 태어나겠다든가, 전생에 나라를 팔아먹었다거나 구했다는 이야기가 흔히 등장한다. '그저 농담일 뿐'이겠으나 순환적 세계관의 세상에서 통용될 수 있는 농담이며, 직선적 세계관이 지배하는 세상에선 존재하지 않는 농담이다. 우리는 사람이 죽으면 49일째 되는 날엔 49재를 지낸다. 49재는 망자의 명복과, 다음 생에 좋은 곳에서 태어날 것을 기원하는 의식이다. 죽은 자는 다시 태어나 남은 사람들과 또 다른 인연을 맺어가리라는 집단적 믿음이 전제된 행위다. 제사에 대한 끈덕진 사회적 무게가 좀처럼 덜어지지 않는 것도, 망자와 산 자 사이의 관계가 죽음으로 온전히 단절되었다고 여기지 않는 사고가 그 근원지다. 하여, 우린 부지불식간에 각자가 쌓은 공덕과 업보, 인연이란 변수를 바탕으로 빚어질 다음 생을 기약한다.

프랑스(를 포함한 대부분의 서유럽)에서 망자는 관 속에 들어가는 것으로 산 자들과의 인연을 마감한다. 1년에 한 번, 11월 1일 만성절(Toussaint, 가톨릭교가 정한 모든 성자의 죽음을 기억하는 날)에 일부 사람들이 망자의 무덤을 돌아보고, 특별한 자취를 남긴 사람들의 흔적과 그들인 남긴 저작을 사회가 기억할 뿐이다.

인간의 모습뿐 아니라 행동과 태도마저 인간과 유사한 다신多神들을 섬기던 고대 유럽(그리스·로마) 문화에서 '나 이외의 다른 신을 섬기지 말라'는 유별난 질투심을 가진 유일신을 섬기는 기독교가 세계사적 성공을 거둔 후, 사후 세계에 대한 시야는 협소해졌다. 19세기 말 출현한 유물론적 세계관은 기독교가 닦아 놓은 직선적 세계관의 바탕 없인 불가능했을 것이다. 비록 그 창시자 칼 마르크스가 종교를 "인민의 아편"이라 부르며 가차 없이 벼랑 아래로 밀어버렸을지라도 말이다.

떠나가지만 다시 돌아오는 영원한 회귀의 세계와, 한번 나타났다가 사라지면 영원히 돌아올 수 없는 단선적 소멸의 세계가 씨줄과 날줄이 되어 우리가 사는 세상에 공존한다. 이 씨줄과 날줄은 서로를 동경하는 듯, 서로를 향해 끊임없이 경도된다. 동양에서 살 땐 동양이 한없이 서구를 동경하고 모방하는 듯 보였으나, 서양에 살고부터는 오직 동양에서 온 것만이 오늘의 서양인들을 매혹할 향기를 지닌 것처럼 느껴진다.

우리가 제사를 지내는 풍속을 없애려 하고 음력을 양력으로 대체하며 점점 더 많은 이들이 기독교를 통해 구원의 문을 두드리는 동안, 이곳 프랑스에서는 음양의 이치를 통해 서양철학이 소명하지 못한 세계를 통찰하려 하고 풍수와 동양의 호흡법을 배운다. 우리는 이 지치지 않는 움직임을 역사라 부른다.

L'homme n'a au fond de l'âme aucune aversion

contre la mort, il y a même du plaisir à mourir.

La lampe qui *s'éteint* ne souffre pas.

인간의 영혼 깊은 곳엔 죽음에 대한 어떤 반감도 없다.

심지어 죽음에 대한 기쁨을 가지고 있다.

불 꺼진 램프는 더 이상 고통받지 않기에.

-**샤토브리앙** François-René de Chateaubriand(작가, 정치가)

On s'en fout
(옹 상 푸: 아무도 관심 없어)

해방과 냉소, 두 얼굴의 언어

2002년 6월 말, 조국 동포들이 유사 이래 최초로 4강 신화에 다가선 한국팀의 선전으로 월드컵 열기에 빠져 있을 무렵, 난 논문의 늪에서 허우적대고 있었다. 준결승에서 한국팀이 독일팀에 무릎을 꿇으며 결승 진출의 꿈이 좌절됐을 때, 난 프랑스 문화부의 자료실에서 1981~1991년 사이에 발행된 시행령 자료들을 복사하면서 자료실 직원들끼리 쑥덕대는 말을 통해 한국의 패배를 알게 되었다. 그렇게 땀 흘려 모은 자료들을 정리해 여름 방학 직전에 지도교수와 면담하던 중, 과묵한 편인 그가 갑자기 짜증을 내며 이렇게 외쳤다.

"옹 상 푸 드 자크 랑On s'en fout de Jack Lang(자크 랑 따위 아무도 관심 없어)!"

“네? 뭐라고요?”

On은 불특정 다수를 지칭하는 주어다. 경우에 따라, 지금 이야기를 나누고 있는 나와 너, 즉 우리를 말하기도 하고, 일반적인 모든 사람을 칭하기도 한다. 필요에 따라 지칭하는 대상이 고무줄처럼 자동 조절되는, 편리한 인칭대명사다. En은 앞에서 언급한 사안들을 두리뭉실하게 받아주는 대명사이며, fout는 foutre(~하다, 갈기다, 내던지다)의 3인칭 형태인데, se가 앞에 붙어 재귀동사가 되면서, ‘조롱하다, 우습게 여기다’라는 뜻을 획득한다.

당시 나의 논문 주제는 1981년부터 10년간 프랑스 문화정책 중, 공연정책을 통해 바라본 공공서비스로서의 역할에 대한 고찰이었다. 자크 랑은 당시 미테랑이 이끄는 사회당 정부하에서 13년간 문화부 장관을 한 인물이었다. 미테랑은 연임했고, 당시 대통령 임기는 7년이었다. 자크 랑은 미테랑 임기 중 1년을 빼고 문화부 장관으로서 그의 곁을 지켰다. 정권이 바뀌고 세기가 달라졌어도, 처세에 능한 그는 다양한 정권에서 늘 영향력 있는 자리에 서 있곤 했다. 한국에 외규장각 도서가 마침내 돌아오게 된 것 또한 대통령 사르코지에게 자크 랑이 한국과의 우호 관계를 위해 외규장각 도서의 반환을 건의했던 것이 결정타였다. 당시 내가 쓰고 있던 논문 내용의 대부분은 그가 주도한 정책에 대한 고찰과 비판이었다.

자크 랑은 내가 쓰던 서사의 주인공이나 마찬가지였기에, 지도교수의 말은 하늘에서 툭 떨어져 내 머리에 얹힌 껍질을 쪼개버린 날카로운 비수 같았다. 그러나 그것은 아프기보단 순간적으로 나를 어떤 강박에서 놓여나게 해준 해방의 언어로 작동했다.

그 순간 이후, 한 인물을 중심으로 정책을 고찰하고 있던 나의 편견을 단박에 내려놓을 수 있었다. 은연중 내가 지니고 있던 자크 랑에 대한 우호적 감정도 물에 씻긴 듯 사라졌고, 그러자 질척대던 나의 논문은 비로소 지녀야 할 각을 잡아가기 시작했다.

프랑스인들을 초대해놓고 식사를 준비할 때마다 전식, 본식, 후식을 각각 차려내야 하는 이들의 식사 패턴에 대해 투덜대는 날 보며, 어느 날 남편이 말했다.

"수정, 옹 상 푸 드 투 사on s'en fout de tout ça(수정, 그 모든 것에 대해 아무도 신경 안 써)."

프랑스식 식사 순서 같은 거에 맞추려고 애쓰지 마. 아무도 신경 안 써. 이건 한국 음식이니까 너 하고 싶은 대로, 한국 스타일로 차려도 아무도 불평할 수 없어. 남편의 그 말은 내가 느끼던 부담감을 한 방에 날려줬다. 식사 중에 먹고 치우고를 반복하는 프랑스식 식탁은 그것을 차리는 사람을 끊임없이 부엌에 드나들게 한다. 반면, 한국식은 한 상 차려놓고 요리를 한 사람을 포함해 모두가 함께 앉아 먹을 수 있다. 그런데 이렇게 차려주면 뭐부터 먹어야 하는지 망연해하는 프랑스인들을 보는 게 한두 번이 아니다. "이러면 우린 식탁에서 길을 잃어"라며 그들은 너스레를 떨기도 한다. 각자 자기 길(음식 먹는 순서)을 찾아가는 게 한국 음식이고, 한국 음식은 한국식으로 먹어주는 게 맞다고 난 일러준다. 우리가 당신네 음식을 당신네 방식대로 먹어주느라 애썼던 것처럼.

> On s'en fout(옹 상 푸: 아무도 신경 안 써).
>
> Je m'en fous(저 망 푸: 난 그딴 거 신경 안 써).
>
> Il s'en fout(일 상 푸: 그 남잔 그딴 거 신경 안 써).

프랑스 사람들이 가장 자주 쓰는 말 넘버 10에 꼽힐 만한 이 표현들은 해방의 언어인 동시에 고립의 언어이기도 하다. 이것은 타인의 시선이나 오랜 사회적 규범, 관습 따위를 가볍게 벗어 던지는 말이지만, 동시에 타인에 대한 연민, 관심이 제거된 지나친 개인주의의 발현이기도 하기 때문이다.

타인의 시선 앞에서 작동하는 자기 검열, 관습에 얽매인 영혼을 내려놓을 수 있는 건 반길 일이지만, 도를 지나쳐 타인의 불행, 이웃의 고통, 공동체에 대한 무관심으로까지 발전하면 이것은 소시오패스의 언어가 되어버린다. 쿨하던 세상은 서늘함을 지나 쓸쓸해진다.

2008년 유럽에 불어닥친 금융위기 이후, 우리가 1997년 이후 겪었던 외환위기 상황과 비슷하게, 프랑스 사회엔 정리해고와 번아웃 등의 현상이 전염병처럼 번져갔다. 그 후, '저 망 푸'가 풍기던 쿨 내음은 금융자본주의 독재에 주눅 들고 시들어가는 청춘의 자위적 무기, 점점 싸늘해지는 세상을 표상하는 언어가 되어갔다.

7년 전부터 프랑스에 와서 살고 있는 30대 한국 여성에게 '저 망 푸' 혹은 '옹 상 푸'라는 표현에 대한 인상을 물었을 때, 그는 프랑스식 개인주의를 표현하는 말로 느껴진다고 답했다. 내가 경험한 해방의 언어의 뉘앙스를 전해주자, "오, 그렇기도 하군요"라며 뒤늦게 화들짝 동의했다.

그녀가 처음 발 디뎠던 시절의 프랑스에서 '저 망 푸'를 고립과 무관심의 언어로 접한 것은 자연스러운 일이다. 나 역시 처음엔 표현의 차가운 면을 먼저 접했다. 언어에 익숙하지 않은 사람들이 겪는 고립감에 그들의 쿨한 개인주의가 더없이 냉정하게 느껴지던 시절이었다. 하나의 표현이 지닌 두 개의 상반된 표정은 시대에 따라, 그 시대에 휩쓸린 사람들의 내면에 물결치는 파동에 따라 다르게 나타난다. 전체주의와 집단주의로부터 사회를 건강하게 재건할 수 있는 개인주의가 때론 공동체를 분쇄하는 잔인한 무기가 될 수 있기도 한 것처럼.

Et puis un jour, *on s'en fout* et ça fait du bien…

그러곤 어느 날, 아무것도 상관없어져. 그러곤 기분이 좋아져…

-비르지니 사라루 Virginie Sarah-Lou**가 2020년에 발표한 소설 제목**

Pardon

(빠흐동: 실례합니다)

갈등을 무장해제 하는 만능 에어백

미안해.

비켜.

실례지만 좀 비켜주실래요.

용서.

야, 시방 너 지금 뭐라고 씨불였냐?

정말 죄송합니다.

뭐라고요? 다시 말씀해주시겠어요?

저기요.

내가 잘못했어.

실례합니다.

프랑스어에는 단 세 음절로 앞에 적힌 모든 뜻을 전할 수 있는 단어가 있다.

음의 고저와 장단, 강약, 억양, 특히 화자의 표정에 따라 솜털처럼 부드럽고 상냥한 말이 될 수도, 싸움을 거는 거친 언사로 돌변할 수도 있는 광의의 스펙트럼을 가진 말이다.

"빠흐동pardon."

이것은 내가 파리에 왔던 첫날, 프랑스인이 내게 건넨 첫 번째 말이기도 했다.

숙소에 짐을 내려놓고 낯선 공기를 얼른 들이마시고 싶어 거리에 나섰다. 어둠이 내려앉기 시작한 1월의 초저녁, 눈 덮인 몽테뉴가를 걸었다. 뒤쪽에서 걸어오던 남자가 살짝 나를 앞서가면서 이렇게 말했다. "빠흐동." 들릴 듯 말 듯 낮은 목소리가 바람을 타고 귓가를 스쳤다. 내게 한 말인지 혼잣말이었는지 순간 파악되지 않았던 그 말은 2~3초 뒤에 'pardon'이었다고, 이제 막 프랑스어 버전으로 삐걱거리며 작동을 시작한 나의 뇌가 알려주었다. 그때 그 남자의 '빠흐동'은 앞에 소개한 열 가지 사례 어디에도 해당하지 않는다.

내게 한 말이지만, 나의 반응을 기다리지 않는 말이다. 뒤에서 오던 차가 앞차를 추월할 때 도로교통법상, 그리고 예의상 켜는 깜빡이등처럼 내가 듣건 말건, 길을 추월하는 사람이 예의로 건네는 낮은 데시벨의 인기척이다. 이런 경우 빠흐동의 한국말

번역은 침묵이다. 즉, 이런 경우 우린 아무 말도 하지 않는다. 만약 무슨 말이라도 건넨다면, 그것은 소위 '작업'이거나 작업으로 오해받을 가능성이 크다. '파리에 발을 딛자마자 작업남이?' 1초간 긴장했으나 그 남자가 잠시도 머뭇거리지 않고 앞서갔기에, 이 단어의 기의記意를 순식간에 파악했고 오해는 즉각 시정됐다. '현지'에서만 가능한 생생한 외국어 수업의 시작이었다.

프랑스인이 내게 처음 했던 말이 빠흐동이었던 것은 윷놀이에서 처음 던진 윷이 개로 나온 것과 비슷한 일이었다. 길에서 마주치는 낯선 사람에게 가장 자주 들을 수 있는 말이 바로 빠흐동이기 때문이다. 하여 그날 만났던 이 단어에 특별한 의미를 부여할 필요는 없겠으나 첫 발자국, 첫 만남, 첫 경험은 언제나 강렬한 인상을 남기는 법이다. 나는 이후로도 집요하게 이 단어를 응시했다. 진심 이들은 매사에 왜 그토록 미안한 건지, 암말도 안 해도 되는 상황에 굳이 그 말을 하는 심리가 무엇인지, 용서는 받는 것인데, 늘 용서를 구한다고 말하면서 상대의 답은 기다리지도 않는 이 모순된 화법의 기원이 뭔지 궁금했다.

모든 집요한 질문은 언제고 그 열매를 맺는 법. 세월이 흐른 뒤, 나는 빠흐동에 대한 몇 가지 답을 얻게 되었다.

이 단어는 봉주르(bonjour, 안녕하세요), 메르시(merci, 고맙습니다)와 함께 프랑스인들이 가장 많이 쓰는 말이다. 말을 배우기 시작할 때부터 아이들은 이 말이 자동으로 입에서 나오도록 거듭 훈련받는다. 늘 사람들과 부대끼며 살아가야 하는 도시에서, 이 말은 서로에게 부드러운 쿠션 역할을 해준다. 아무 말 안 해도 될 상황에서 굳이 이 말을 하는 사소한 수고는 '내가 당신의 존재를 인식하고 있음'을 환기한다. 앞에 있는 모르는 사람이 나와 같은 무게와 의미를 지닌 사람이고, 그 사람이 내 움직임으로 인해 방해받지 않기를 염려하며 내는 작은 경보음이다. 이 작은 배려가 서로의 사이에 부드러움을 선사한다.

라루스 사전을 찾아보면 빠흐동의 첫 번째 뜻은 왕이 내리는 죄에 대한 사면이고, 두 번째 뜻은 사제에게 고해성사 한 후 신으로부터 받는 죄사함이다. 전통적으로 빠흐동은 왕이나 신 같은 절대자가 인간에게 베푸는 너그러운 용서 혹은 은혜를 의미했다. 그런데 절대 권력을 가진 왕을 없애고, 교회는 문화유산으로 간직하게 된 현대의 프랑스인들은 거리에서, 지하철에서, 카페에서 주위 사람과 부딪히지 않기 위한 휴대용 에어백처럼 이 단어를 이용하게 됐다. "제가 다음 정거장에서 내려야 하는데, 당신이 제 앞에 계셔서 내리기 불편하니 조금 비켜주시겠습니까? 이런 말씀을 드리는 저를 용서해주시기 바랍니다"를 압축해 마지막 말인 '용서'만 남았다.

이렇게 사소한 일에 쉽게 미안함을 표하는 사람들이 정작 명백히 잘못했고, 마땅히 사과해야 할 순간엔 어떻게 행동할까? 기대감을 품게 하지만 현실은 기대를 배반한다. 정작 실수를 저질렀고, 그로 인해 남에게 피해나 상처를 입혔을 때 얼굴을 붉힐 뿐, 미안하다고 하고 용서를 구하는 일을 몹시 힘들어한다.

이들의 이해할 수 없는 태도를 연거푸 겪고 나니 이건 개인의 문제가 아니란 생각이 들었다. 주변의 한국 사람들에게 이 문제를 털어놓으니, 모두가 한입으로 자신들이 겪은 바도 그러하다고 토로한다. 신기한 것은, 제법 가깝고 지극히 상식적이라고 여기는 프랑스인들도 나의 이런 지적에 선뜻 동의했던 경우가 없다는 사실이다. 그들은 내 의견이 틀렸다고 여기기보다 이런 현상을 딱히 인지한 적이 없는 것이다.

진정 잘못했을 때 미안하다고 말하면 행위에 대한 책임을 져야 하므로, 그로부터 회피하고 싶은 마음 아니겠느냐, 고개 숙이고 싶지 않은 마음이 인간에겐 다 조금씩 있지 않느냐? 정도가 내가 들을 수 있었던 답이다. 물론 어느 사회나 그런 이기적인 마음이 조금씩 있을 터다. 그런데 유독 잘못을 인정하고 사과하는 일에 대한 저항이 심하고, 이것이 집단의 행동 양식으로 보인다면 거기엔 사회적, 역사적 기원이 있을 터다.

숙고 끝에, 그것이 혹시 제국주의 시절 온 세상을 휘젓고 다니며 약탈하고 착취했던 과거에서 비롯하는 것이 아닌지 가정해봤다. 그들에게 침략당한 사람들이 입은 측량하기 힘든 규모의 피해를 인정하고 사과하자면 프랑스의 존재 자체가 흔들릴 터기에, 근원적 잘못에 대해 섣불리 사과해선 안 된다는 역사적 교훈이 후세의 유전자에 새겨져, 오늘까지도 부지불식간에 사죄에 대한 저항을 지닌 것은 아닐까?

확인할 길 없으나 두고두고 머리에 맴도는 가설이다.

두 번째 가설은 한 옷가게 주인으로 인해 세웠다.

옷가게에서 아이 옷을 사고 집으로 돌아오는 길에 영수증을 확인해보니, 같은 상품을 두 번 계산한 것을 알았다. 잘못을 시정하기 위해 가게로 돌아가니 주인은 가게 문을 닫고 있었다. 다음 날 오라는 주인의 손짓에도 기어이 영수증을 흔들며 문을 두드렸고, 그녀는 이미 오늘 영업을 마감했으니 내일 다시 와서 환불받거나, 그게 싫으면 내가 더 낸 돈만큼 물건으로 가져가라고 했다. 그 모든 대화가 이뤄지는 동안 주인은 한 번도 미안하다고 말하지 않았다. 사과의 말 대신, "실수는 인간적인 것l'erreur est humaine"이라고, "빅토르 위고가 한 말"이라며 도리어 내게 큰소리쳤다. 주인의 표정은 진심으로, 실수를 너그럽게 이해하지 못하고 화나 있는 나를 나무라고 있었다. 자신들의 퇴근을 방해하는 내 행동이 옷값을 두 번 계산한 실수보다 훨씬 무거운 죄인 듯 그들은 항변하고 있었다. 이 상황을 이해하기 위해 필요한 한 가지 사전 지식은, 프랑스에서 상인과 고객은 완전히 대등한 관계라는 사실이다. '고객은 왕'이라는 얘기는 우리의 사전에나 있는 말. 프랑스 사회에서 고객은 필요한 물건이나 서비스를 사고, 상인은 그것을 돈 받고 파는, 서로 대등한 관계라고 이해한다. 돈 앞에 굽실거리는 세상의 피곤함을 제거하고, 고객의 갑질이란 불필요한 사회적 소음을 미연에 방지하는 매우 신선하고 편리한 사고라고 생각하며, 심지어 높이 평가한다. 그러나, 지금 이 상황에서는 '온전히 당신들이 잘못한 거'라고, 내 화난 얼굴이 그들에게 강력히 항변하고 있었다.

간단한 사과의 말 대신, 위고의 말 뒤에 한사코 숨는 주인과 직원의 태도를 보며, 프랑스인들이 사과해야 할 순간에 뻔뻔해지곤 하는 것이 그들의 정신적 지주 역할을 하는 19세기 작가의 말이 면죄부를 주었기 때문은 아닐까 생각하며 웃음이 나왔다.

그러나 프랑스인들이 흔히 얘기하는 바와 달리 빅토르 위고는 그렇게 말하지 않았다. "사람들은 실수는 인간적인 것이라고 말한다. 나는, 사랑하게 되면 실수하는 법이라고 말하겠다"가 정확한 그의 말이다. 빅토르 위고가 한 말이건 그저 오래전부터 전해오는 말이건 모든 인간이 실수하는 존재임은 분명한 사실이다. 그렇다고 해서 용서를 구할 이유가 사라지지는 않는다.

세 번째 가설은 최근 한 프랑스 기자와 나눈 대화에서 나왔다. 그는 한국이나 일본에선 정치인들이 저지른 잘못이 드러나면 국민들이 사과를 집요하게 요구하고 공직자들은 국민 앞에 나와 고개 숙이며 잘못을 고하는 모습을 보는데, 그 방식이 프랑스의 정서로는 이해가 안 간다고 했다. 대체 그들의 고개 숙임이 한국인들에겐 무슨 의미냐는 투다.

프랑스에선 비슷한 상황에서 사임을 요구하거나 법적인 책임을 물을 뿐, 고개 숙이는 제스처나 뻔히 빈말일 사과를 요구하는 법이 없다는 것이다. 사적 영역의 잘못이라면 아예 문제로 거론하지도 않는다.

재임 중에 공식 퍼스트레이디를 두고, 야밤에 스쿠터를 타고 여배우의 숙소로 가 밀애를 즐기다 들킨 올랑드François Hollande 대통령이 그런 경우다. 애정 행각이 세상에 알려진 후 가진 기자들과의 공식 만남에서 스캔들과 관련해 나왔던 유일한 질문은, 당시 공식 동거인이었던 "발레리 트리에르바일레르Valérie Trierweiler는 여전히 프랑스의 퍼스트레이디인가요?"였고 올랑드는 이렇게 답했다. "모든 사람에겐 개인적 삶이 있고, 그 삶 속엔 헤쳐 가야 할 시련도 있다. (…) 하지만 원칙적으로, 개인적인 일은 개인적인 공간에서 다뤄져야 한다고 본다. 지금 이 자리는 그 문제를 다루기에 적절한 공간도 시간도 아니다." 반박할 수 없는 깔끔한 답변에 기자들은 더 이상 그에게 같은 주제로 질문하지 않았다. 반면 올랑드 정부의 예산부 장관 제롬 카위자크Jérôme Cahuzac의 비밀 계좌가 스위스 은행에 있다고 독립 언론이 폭로했을 때, 그는 사임하고 사회당에서 즉각 축출당했으며 법의 심판을 받았다.

프랑스인들은 소위 높은 사람들이 그들 앞에 고개 숙이는 행위에 카타르시스를 경험하지도 위로받지도 않기에, 그런 행위를 요구하지 않는다. 계급투쟁이라는 끝없는 전쟁터에서 각자의 계급이 가진 실력으로 이기거나 질 뿐이다. 1789년 혁명의 시민들이 왕에게 대국민 공식 사죄를 요구하는 대신 목을 쳤던 것처럼. 진정한 잘못은 죄에 대한 대가를 행동으로 치르는 것이지, 한마디 말로, 고개 숙이는 제스처로 지울 수 있는 게 아니라고 본다. 이럴 땐 펜이나 말보다 칼을 신뢰하는 사람들의 면모를 보인다.

빠흐동에 담긴 사회적 의미는 각각의 공동체가 겪어온 역사의 진화 과정과 종교적 배경에 따라 변모해왔다. 정교분리 원칙을 헌법에 도입하며 과감하게 종교와 결별해온 20세기 이후의 프랑스 사회에서 종교적 색깔을 짙게 지니고 있던 빠흐동은 진정한 사죄와 용서의 의미를 대거 상실했다.

알베르 카뮈Albert Camus는 20세기 이후 빠흐동이 명확하게 떨궈낸 무게를 이렇게 정리했다.

> Il y a des gens dont la religion consiste à toujours pardonner les offenses, mais qui ne les oublient jamais. Pour moi je ne

suis pas d'assez bonne étoffe pour pardonner à l'offense, mais je l'oublie toujours.
세상에는 언제나 잘못을 용서하라는 종교를 가진 사람들이 있다. 그들은 용서할지언정 잘못을 잊지는 않는다. 나는 잘못을 용서할 만한 성정을 갖진 못했지만, 항상 그들의 잘못을 잊어버린다.

La vertu absolue est impossible, la république du pardon amène par une logique implacable la république des guillotines.
절대적 미덕은 불가능하다. 용서의 공화국은 피할 수 없는 냉엄한 논리에 의해 단두대의 공화국을 끌고 온다.

그는 '용서'를 기독교적 가치관에 근거한 어설픈 타협으로, 결단을 피하게 하는 엉거주춤한 타협은 결국 더 극단적 파국을 이끌 불씨로 봤다. 이념적 대결의 격전장이던 20세기는, 그렇게 빠흐동에서 봉건적 의미와 종교적 무게를 떨궈내고, 빠흐동을 소박한 휴대용 에어쿠션으로 만들었다. 말에서 의미가 제거되자 의미가 담고 있던 행위도 함께 소멸해갔다. 빠흐동을 남발할지언정, 진정한 사과는 할 줄 모르는 현대 프랑스 사회의 빠흐동 미스터리의 전말이다.

Recul

(르퀼: 뒷걸음질)

숲을 조망하기 위해 물러서는 지혜

뒷걸음질, 물러섬이란 의미의 이 단어는 2020~2021년에 걸쳐 숱한 의사와 과학자들의 입에 오르내렸다. 그들은 한결같이 이렇게 말했다. "이 백신의 안정성과 효과를 말하기에 우리에겐 충분한 recul(르퀼)이 없습니다." 하나의 백신이 시장에 출시되기까지는, 3단계에 걸친 임상시험이 필요하고, 거기에는 최소 3년이 소요된다. 코로나19 백신 임상시험의 세 번째 단계인 3상 시험은 모더나의 경우 2022년 12월, 화이자의 경우 2023년 2월에 완료되나, 그 결과를 기다리지 않고 백신을 긴급 출시했다. 즉, 백신의 효과나 단기적, 중장기적 부작용에 대해 명백히 말할 수 없는 상태에서 백신이 출시된 것이다.

따라서 과학자들은 코로나19 백신의 안전성과 효과를 말하기에 충분한 시간적 거리가 확보되지 않았다고 말할 수밖에 없었다. 2020년 12월 5일, 대통령이 임명한 백신접종전략위원회 위원장인 알랭 피셰 박사가 첫 기자회견에서 그렇게 말했고, 하원의원이자 의사인 마르틴 보네Martine Wonner가 정부의 팬데믹 지침에 반박하는 6만 명의 의료진과 함께 독립과학위원회Conseil Scientifique Indépendant 결성을 발표하는 자리에서도 같은 말이 반복됐다.

이 문제를 둘러싸고 벌어진 수십 번의 토론회에서 단 몇 개월 만에 긴급 승인을 받아 시판되는 백신의 안전성과 효과에 문제를 제기하는 모든 상식적 과학자들과 의사들은 하나같이 이 표현을 사용했다. 이에 따라, 2020년 11월, 프랑스 TV 채널 C8에서 진행한 설문 조사에서 72퍼센트의 시민들이 백신이 나와도 맞지 않겠다고 답한 바 있다.

'뒷걸음질'이란 의미의 단어에 대해 가졌던, 상황을 직면할 줄 모르는 겁쟁이들의 선택이라는 선입견은 감히 안전을 말할 수 없는 상황임을 알리기 위해 경고 버튼을 누른 과학자들에 의해 이성과 신중함, 심지어 시장의 압력에 맞서는 투철한 직업윤리를 대변하는 말로 바뀌었다. 그제야 난 뿌연 안개 속에 있던 이 단어의 의미와 온전히 접속하게 되었다(때론 한 단어를 제대로 만나기 위해 팬데믹 같은 엄청난 대가를 치러야 한다).

Avoir le recul nécessaire. '필요한 뒷걸음질을 갖는다'로 직역할 수 있는 이 문장은 '어떤 상황, 사건을 객관적으로 바라보기 위해 필요한 심리적(혹은 물리적, 시간적) 거리를 확보한다'는 의미다. 커다란 그림이 눈앞에 있을 때 전체를 조망하기 위해 한두 걸음 물러서야만 하는 것처럼, 그리고 누군가를 제대로 판단하기 위해선 그가 기쁠 때뿐 아니라 힘들고 화날 때 어떻게 행동하는지도 살펴야 하는 것처럼 말이다.

문제에 봉착한 사람들에게 프랑스인들은 흔히 이런 조언을 한다. "Il faut prendre du recul(한 걸음 물러서서 생각해)." 좀 더 넓은 시야를 확보한 상태에서, 상황을 객관적으로 고찰하라는 의미다. 코앞에서 사람이나 사물, 또는 사건을 접하면 우린 상황을 왜곡되게 볼 수밖에 없다. 즉각적인 감정과 느낌이 앞선다. 거기엔 실수나 착오가 있게 마련이다.

속도와 성장에 중독된 사회에서 뒷걸음질 치는 것은 나약하고 비겁한 자의 행위처럼 보인다. 하지만 도약하려 준비하는 사람들의 행동을 보라. 그들은 언제나 달려나가기에 앞서 몇 걸음 뒤로 물러선다. 그 물러섬만이 도약을 가능하게 하기 때문이다.

한 걸음 물러서라는 조언은 막연하게 들릴 수 있다. 그렇다면 '어떻게' 물러서야 할까? 상황을 객관적으로 검토하기 위한 시간적, 공간적 거리, 다각도의 시각에서 살핀 자료와 정보를 확보하는 것이다.

예를 들어, 연인과 갈등을 겪고 있는 사람에게 상대와 조금

거리를 두고 지내며 당신과 그의 마음을 객관적으로 관찰하라고 한다면 쉽지 않은 일이 될 것이다. 물러서는 동작은 관계를 영영 끊어버리는 첫걸음이 될 수도 있기 때문이다. 그러나 약간의 거리 둠이 주는 긴장과 관성으로부터의 이탈을 견뎌낼 수 없는 관계라면 지속하기 힘든 관계이기도 하다.

사랑의 묘약에 취해 시작된 달뜬 연애가 성숙하고 단단한 인간관계로 발전하기 위해서도 한 걸음 물러섬이 필요할진대, 하물며 전 인류의 운명을 뒤흔들어놓은 팬데믹에 대한 해법을 취하는 데 있어선 더욱 그래야 했다.

5~10년 걸려야 나올 수 있는 백신이 불과 수개월 만에 나왔다. 과학자들이 20년간 시도해왔으나 mRNA 백신 기술은 한 번도 성공한 적 없는 미완의 기술이었다. 그러나 각국은 앞다퉈 이 불안한 백신과 계약을 맺고 백신 패스를 도입해 강제로 접종을 실행했다.

향후 75년간 비공개를 요구했던 화이자의 백신 개발 임상시험 자료가 미 법원 명령으로 2022년 3월부터 공개되었는데, 화이자 백신에는 1200여 개의 심각한 부작용이 있음이 드러났다. 임산부를 대상으로 행한 임상시험에선 44퍼센트의 산모가 태아를 유산했고, 72퍼센트의 부작용은 여성에게서, 그중 16퍼센트는 생식기능의 장애로 드러났다. 백신이 바이러스의 전파를 막는지 여부에 관한 시험 결과를 갖고 있지 않다는 자백이 화이자사에 대한 유럽 의회 청문회를 통해 밝혀지기도 했다.

그러나 이런 사실에 아랑곳하지 않고 그들은 백신을 계속 팔아왔다. 2022년에만 그들은 약 132조 원의 매출을 기록하며 제약 회사 역사에 큰 획을 그었다.

뒤로 물러설 줄 모르는 사람들이 함께 스크럼을 짜고 대참사로 돌진하는 사이, '르킬'의 필요를 주장하던 일부 과학자들의 양심이 사람들을 일깨우고자 애썼다. 주류 언론들은 이들을 진흙탕에 처박으며 모욕을 서슴지 않았지만, 뤼크 몽타니에Luc Montagnier(2008년 노벨 생리의학상 수상자), 크리스티앙 페론Christian Perronne(전 프랑스 감염병 최고위원회 위원장), 알렉산드라 앙리옹코드Alexandra Henrion-Caude(전 프랑스 국립보건의학연구소 연구소장) 등 과학자로서 최고 위치에 있던 이들은 자기 소신을 굽히지 않았다. 전국에서 백신 패스 반대 집회가 열렸음에도 정부가 패스를 강행하자, 일부 의료인들은 가짜 백신 패스를 시민들에게 만들어주며 저항했다.

이들은 '레지스탕스'라고 불리며, 2차 세계대전 중 유대인에게 가짜 신분증을 만들어주며 그들의 생명을 구하고 나치에 저항했던 사람들에 비견됐다.

뒷걸음질 친다는 것은 비겁하게 도망치는 것만이 아니라, 숲 전체를 조망할 수 있는 시야를 확보하는 일이기도 하다. 나무나 숲은 스스로 물러서는 법이 없으니, 넓은 시야를 획득하기 위해 물러서야 하는 사람은 바로 나 자신이다.

Vivre, ce n'est jamais que *reculer* pour mieux sauter.

산다는 것은 더 잘 도약하기 위해 물러서는 것일 뿐이다.

-자크 스턴버그 Jacques Sternberg(작가, 언론인)

3부

풍요로운 공동체를 견인하는 말

Grève

(그레브: 파업)

풍요를 분배하기 위한 시간

프랑스어에서 grève(그레브)는 파업, grève générale(그레브 제네랄)은 총파업을 의미한다. grève는 라틴어 grava에서 왔고, 이는 강변이나 해변에 있는 모래로 채워진 평평한 땅을 의미한다. 파리 시청에서 가까운 센강변에 그레브 광장place de Grève이라는 곳이 있었다. 일거리를 찾는 노동자들이 이곳에서 기다리면, 일꾼이 필요한 고용주들이 자신의 필요에 적합한 사람을 데려가던 소위 인력시장의 역할을 하는 장소로 오랜 세월 기능해왔다. 산업혁명이 계급 격차를 급격히 벌려가며 부르주아 계급의 착취가 강화되던 19세기에 들어서면서, 고용주들에게 불만을 품은 노동자들은 이곳에 모여 일자리를 기다리는 데 그치지 않고, 반란을 모의하고 집회를 벌이며 고용주들에게 항의의 뜻을 전하기 시작했다. 바로 거기서 '그레브를 하다faire la grève'라는 표현이 유래했고, 오늘날과 같은 의미를 얻게 된다. 이후, 파리시는 이 광장의 이름을 시청 광장place de l'Hôtel de ville으로 바꾸었고, 더 이상 그곳은 노동자들의 집회장으로 쓰이지 않는다. 지금은 혁명의 시발점인 바스티유 광장이나 혁명의 결과물인 '공화국'을 상징하는 공화국 광장이 파리에서 파업하는 노동자들의 집회가 시작되는 장소다.

프랑스에서 파업보다 더 복합적인 뉘앙스를 갖는 어휘는 총파업이다. 총파업이 시작되었다는 것은 가장 먼저 대중교통이 멈춰 서는 걸로 감지된다. 파리의 모든 대중교통은 국영이고 노조가 매우 잘 조직되어 있다. 총파업이 시작된다는 건 지하철도 버스도, 때로는 철도도 비행기도 안 다니는 혼돈의 상황, 즉 상당한 불편함이 초래됨을 의미한다. 한 가지 위안이라면 이 불편함이 거의 모든 사람에게 해당된다는 사실이다. 이미 많이 가진 자들이 더 가지기 위해 덜 가진 자들의 마지막 콩알까지 빼앗으려 할 때, 파업은 제 몸만이 재산인 사람들이 쓸 수 있는 유일한 무기이며, 대다수의 시민들은 그 사실을 알고 있다.

한 사업장에서 파업의 횃불을 들고 싸움을 시작하면, 도시 곳곳에선 총파업을 촉구하는 스티커나 포스터가 여기저기 나붙는다. 희망을 촉구하는 봉화처럼. 그때 등장하는 포스터는 총파업

grève générale 대신, 첫 번째 단어에서 g를 뺀 rêve générale이다. Rêve는 꿈을 뜻한다. '총파업'을 '모두의 꿈'으로 바꿔놓는 프랑스식 농담은 집단 기억이 공유하는 끈끈한 사회적 유산이다.

1936년의 총파업은 2주간의 첫 유급휴가 시대를 열었고, 1968년의 총파업은 최저임금의 35퍼센트 인상(농업 노동자는 56퍼센트 인상)을 얻어냈다. 약 한 달 남짓 고통을 감내하며, 노동자들이 멈춰 서면 세상은 결코 굴러가지 않음을 알게 했던 이들이 모두에게 전한 눈부신 열매였다. 두 번에 걸쳐 '생존에서 삶'으로 일상을 일거에 도약하게 해준 성과가 바로 총파업에서 얻어졌다. 오직 총파업만이 그런 변화를 가능케 했다.

모두가 연대하는 총파업이 모두의 꿈과 맞닿아 있는 것은 그 때문이다. 그러나 1982년부터 5주로 늘어난 유급휴가는 40년 넘게 정체 중이다. 이후 이어진 모든 정부는 총파업이 얻어낸 성과들을 뺏기 위해 안간힘을 썼고, 파업은 그 모든 공격을 막아내는 데 소모되었다.

2022년 10월, 파리를 비롯한 전국 대부분의 도시에서 2주째 주유소의 기름이 동났다는 이야기를 들었을 때, 드디어 러시아에서 들어오지 않는 기름의 여파가 시작된 것인가 생각했으나, 정유업체 노동자들의 파업으로 빚어진 상황임을 알게 되었다. 파국, 어리석음, 궁핍으로 인식되던 석유 대란은, 도약을 위한

1936년 총파업의 성과로 2주간의 유급휴가를 얻은
노동자들이 여행을 떠나는 모습.
이후 여가와 문화생활이 프랑스인들 일상의
핵심 과제로 떠오르기 시작했다.

또 한 번의 거대한 싸움의 전조로 느껴지며 순식간에 희망, 알싸한 긴장, 숙명의 대결 느낌으로 전환되었다.

파업이 동조 파업으로 번져 마침내 총파업이 되면, 최대 다수의 최대 행복으로 가기 위한 다리를 짓는 집단행동이 전개된다. 당장의 고통을 수반하지만, 한결 넓고 풍요로워진 삶을 돌려받기 위한 시간이다. 그 시간의 끝에 약속된 보상이 언제나 주어지는 것은 아니다. 그러나 그 시기의 소란과 불편함이 귀찮고 두려운 자, 저 바다 너머의 새로운 육지로 건너가지 못한다.

Comment arrive-t-on à crier: encore plus d'impôts! moins de pain! Comme dit Reich, l'étonnant n'est pas que des gens volent, que d'autres fassent *grève*, mais plutôt que les affamés ne volent pas toujours et que les exploités ne fassent pas toujours *grève*.

어떻게 감히 이렇게 말할 수 있나? 더 많은 세금! 더 적은 빵! 라이히가 말했던 것처럼, 놀라운 것은 사람들이 도둑질을 하고, 어떤 이들은 파업을 한다는 사실이 아니라, 굶주린 사람들이 어떻게 늘 도둑질을 안 할 수 있으며, 착취당하는 사람들이 늘 파업을 안 할 수 있느냐는 것이다.

-질 들뢰즈 Gilles Deleuze(철학자, 작가), **펠릭스 가타리**Pierre-Félix Guattari(철학자, 정신분석학자), **《안티 오이디푸스》**

Oligarchie

(올리가르시: 과두정치)

우리의 삶은 그들의 이윤보다 소중하다

선명하게 기억한다. 프랑스 사회에 갑자기 올리가르시(oligarchie, 과두정치)라는 단어가 등장했던 시점. 그것은 사르코지가 권력의 중심에 선 그 순간과 함께 시작된다.

2008년 한국에서의 삶을 접고 우리 가족 세 사람이 파리로 귀환했을 때, 달라진 공기의 프랑스를 처음 포착하게 해준 단어가 바로 올리가르시였다. 전해에 집권을 시작한 사르코지가 드러내는 자본가 본색에 사회는 놀라고 있었고, 언론은 사르코지와 그 일당이 펼쳐 보이는 놀라운 광경을 묘사할 말을 찾아내야 했다. 올리가르시. 길가 가판대에 놓인 시사 주간지, 일간지의 1면엔 어김없이 이 단어가 걸려 있었다. 이 말은 마치 위험한 신종 바이러스의 확산을 경고하는 듯, 우리의 등골을 빼먹을 '저 불한

당들을 주시하라'는 말처럼 울려퍼졌다. 과두정치의 주역들은 사르코지와 그 친구들이다. 그가 어린 시절부터 살아온 파리 서쪽 외곽의 고급 주택가 뇌이Neuilly와 다국적 기업들이 모인 복합단지 라 데팡스La Défense에 서식하는 그의 패거리들은 정치, 경제, 금융, 미디어 영역 모두를 분할 점령하며 기존의 질서를 무시하고 멋대로 갈취하며 욕심을 채워갔다.

기원전 404년경 펠로폰네소스전쟁에서 패한 아테네가 30인으로 구성된 과두정권을 세웠던 것이 올리가르시라는 어휘의 기원이다. 아테네의 지나친 민주정이 전쟁의 패인이라 진단한 아테네인들은 친스파르타 성향의 과두정치 체제를 수립했으나, 이 체제는 급격히 공포정치로 변하며 불과 1년 만에 파국에 이르렀다. 그러나 21세기에 다시 나타난 과두정치는 조금 다른 양상으로 전개됐다.

사르코지가 열어젖힌 과두정의 시대는 그가 대통령으로 당선된 바로 그날 밤부터 시작됐다. 파리의 고급 레스토랑 푸케Fouquet's에서 열린 당선 축하 파티엔 그가 속한 당의 당직자와 당원들보다 언론사 사주, 정치인, 연예인은 물론 40대 기업의 사주들이 자리하며 한 팀임을 과시했다. 이토록 노골적으로 정가와 언론계, 경제계가 어깨를 나란히 걸고 공동체임을 과시하는 장면은 초유의 일이었다. 지금까지 그들은 적어도 대중 앞에서 자신들의 친분을 과시하는 행위는 자제해왔었다.

2010년 프랑스 최고의 베스트셀러 《부자들의 대통령》에서 사회학자 부부 미셸 팽송Michel Pinçon, 모니크 팽송샤를로Monique Pinçon-Charlot는 이날의 축하연을 이렇게 묘사했다.

"이 축하 파티는 사르코지의 당선을 축하하는 동시에, 복지국가 체제와 함께 작동해온 산업자본주의를 투기성 금융자본주의로 대체하는 신자유주의의 승리를 축하하는 자리이기도 했다."

파티를 마친 대통령 당선자는 집권 구상을 위해 차분한 시간을 갖는 대신, 미디어·통신 재벌 볼로레Bolloré가 제공한 호화 요트를 타고 휴가를 떠나는 모습을 보이며 다시 한번 세상을 경악시켰다.

파리로 돌아온 후 남편은 오랜만에 개인전을 열었고, 여러 사람을 개막일에 초대했다. 리먼 브라더스Lehman Brothers에서 일하던 한 지인이 개막 전날, 자신의 회사가 파산했다는 얘기를 들려주며 미안하지만 온 가족이 충격에 빠져 도저히 전시회에 갈 수 없게 되었다며 알려왔다. 졸지에 직장을 잃은 지인의 전화로 접하게 된 2008년 9월 14일의 그 사건*은 미국에서만 수백만의 실업

* 미국의 저소득층을 대상으로 하는 주택담보 신용대출인 서브프라임 모기지 론이 금리 급등으로 붕괴하면서 세계 4위의 투자금융사인 리먼 브라더스가 이날 파산을 신청하고 이후 글로벌 금융위기가 시작되었다.

자를 양산했고, 유럽으로 번지며 유럽 전체를 오랫동안 위기로 몰아넣었다. 당시 사르코지는 파산 직전에 놓인 프랑스 은행들에 1200억 유로(약 167조 원)를 긴급 투입한다. 이는 정부가 재정 적자의 주범이라 지목하며 축소를 거듭해온 사회보장 분야 적자의 여섯 배에 해당하는 금액이었다.

투기성 금융거래로 실물경제를 파탄 내버린, 방탕한 부자들이 저지른 사태의 고통을 감당해야 했던 것은 시민들이었다. 사르코지 정권은 금융자본가들을 위해 아낌없이 국고를 털었고, 이를 메꾸기 위해 복지와 공교육, 공공의료는 과감하게 축소했다. 이 부도덕한 현실을 정곡으로 찌르는 슬로건이 당시 NPA(Nouveau Parti Anticapitaliste, 반자본주의신당)에서 나왔다.

"우리의 삶은 그들의 이윤보다 소중하다Nos vies valent plus que leurs profits!"

이 슬로건은 거리 곳곳에서 맹렬히 나부꼈고, 언론이 말하지 않는 이 갑작스러운 재앙의 핵심을 대중에게 전했다. 레지스탕스의 살아있는 전설, 외교관 출신의 인권운동가 스테판 에셀은 《분노하라》라는 책으로 청년들의 정당한 분노로 이 파렴치한 세상을 거부할 것을 독려했다.

그러나 거리가 저항하고 있는 그 순간에도 은행들의 타락상과, 같은 패거리인 정치권의 협력은 완강하게 이어졌다. 은행 간부들은 여전히 높은 연봉과 스톡옵션을 받았고, 금융 투기로 여전히 세월을 탕진했다. 금융자본가들의 방탕함이 초래한 금융위기는, 사르코지와 그 친구들이 오히려 공공부문을 축소하고 복지를 줄이며 금융자본가들의 천국을 완성하는 데 철저히 기여했다. 이 모든 것은 미디어의 협력이 있었기에 가능했다.

아테네의 과두정치와 21세기의 과두정치에 크게 다른 점이 있다면, 미디어가 맡은 막중한 역할이다. 도시국가 시절엔 굳이 다수의 머리를 장악하기 위한 미디어의 도구까진 필요 없었을 터이나, 오늘에 와서 미디어의 역할은 필수적인 것이 되었다. 사회학자 팽송 부부는 《부자들의 대통령》에서 과두정치 체제 속 미디어의 역할을 이렇게 설명했다.

> 이념 전쟁에서 텔레비전은 가장 중요한 전략적 주제다. 이 이미지 상자는 사람들의 정신세계를 조종하는 가공할 도구이기 때문이다. 그러므로 이 도구를 과두정치 권력이 대통령에게 봉사하는 데 이용하는 것은 대단히 중요한 일이다. (…) 사르코지에게 텔레비전은 선전 도구일 뿐 아니라 정치 전반을 다루는 중요한 매체다. 저녁 8시 뉴스를 통제하는 정도가 아니라, 자기 각본대로 정치를 끌고 가기 위해 영상 권력을 마음대로 행사한다. 그러기 위해 텔레비전 전체를 통제한다.

10여 년이 흐른 지금, 미디어에서는 집권 세력을 더는 '올리가르시'라는 말로 지칭하지 않는다. 괴물이 처음 출현했을 땐 그들을 명명할 이름이 필요하지만, 과두정치가 권력의 본질이 되어버린 지금은 그들을 구별해줄 이름이 필요치 않게 된 것이다.

그들을 과두정치 패거리라 더는 지목하지 않게 된 또 하나의 이유는 언론과 방송이 완벽하게 지배계급의 수족이 되었기 때문이다. 인터넷 환경으로 바뀌며 아사 상태에 놓인 언론사들을 프랑스 재벌기업들이 하나둘씩 쇼핑바구니에 담기 시작했고, 마침내 10여 개의 재벌이 전체 미디어 시장을 분할, 소유하기에 이른다. LVMH 그룹의 베르나르 아르노(일간지 〈Le Parisien〉, 경제지 〈Les Echos〉 등 소유), 이동통신사 프리Free의 소유주이자 베르나르 아르노의 사위인 자비에 니엘Xavier Niel(일간지 〈Le Monde〉, 주간지 〈L'Obs〉 〈Télérama〉 등 소유), 미디어 재벌 볼로레사를 소유한 볼로레가(방송사 Cnews, 방송사 Canal+, 일간지 〈Cnews Matin〉 등 소유), 통신 재벌 패트릭 드라이Patrick Drahi(일간지 〈Libération〉, 주간지 〈l'Express〉, 방송사 BFMTV, RMC 등 소유) 등이 그들이다.

사르코지의 당선 축하 파티에 초대되어 함께하는 미래를 약속하며 건배를 들었던 바로 그 사람들이기도 하다.

사르코지는 자신의 패거리가 더 큰 이득을 취할 수 있도록 공영 채널의 광고를 폐지해 민영방송에 광고가 몰릴 수 있게 법 개정을 밀어붙였을 뿐 아니라, 민영방송과 이동통신사들의 인터넷 광고 수입에 최소한의 세금을 부과해 자신이 속한 계급의 번영을 위해 물불을 가리지 않는 태도를 보였다. 같은 시기 이명박 정권하의 한나라당이 날치기, 대리투표까지 동원해 무리하게 미디어법을 통과시켜 재벌의 방송 소유를 허가한 것과 매우 유사하다. 마치 동일한 지시를 받아 움직이는 집단의 지부처럼, 이들은 시민사회와 야당의 극렬한 반대에도 같은 미션을 불도저처럼 수행했다. 그리고 더 이상 신문들은 지배계급을 정면에서 비판하지 않게 되었다. 어제까지 지배계급을 향해 칼끝을 겨누곤 하던 이들이 이제 그들의 가장 충실한 수족이 되었다는 것을 사람들이 눈치채지 못했기에, 그 효과는 더욱 강력했다.

유감없이 과두정치의 진수를 보여주던 사르코지는 섬세함에선 부족한 면이 있었다. 너무 잦았던 사르코지발發 스캔들이 피로감을 야기하기도 했고, 일부 장악되지 않은 언론들이 그 점을 파고들며 시민들을 자주 각성시키기도 했다. 2012년 그는 교체당하며 권력 밖으로 던져진다. 이후 사회당의 올랑드가 정권을 차지했으나, 간판만 바꿔 달았을 뿐 올랑드는 사르코지의 정책들을 이어갔다. 특히, 로스차일드Rothschild 가문 은행에서 일하던 금융맨 마크롱을 대통령 경제자문으로, 이듬해엔 재경부 장관으로 앉히면서, 금융자본가들의 수족이 되기를 자처했다. 급기야 2017년 마크롱은 금융자본가들의 기대를 한 몸에 받으며 그들이 소유한 미디어의 적극적인 지원 속에 대선에서 당선된다. 그는 사르코지보다 한 걸음 더 나아간 "울트라 부자들의 대통령Le président des ultra-riches"이라 불리며 울트라 부자들을 위해 충성을 다하는 모습을 보여주었다. 마크롱 당선은 한 줌의 거부들이 주워 담듯 사들여 완성한 미디어 지배를 통해 이뤄진 거사였다. 언론을 장악한 자본은 자신들이 선택한 후보의 당선을 위해 방송과 언론을 제 머슴처럼 부릴 수 있었다.

마크롱 집권 2년 차엔 과두정치에 저항하는 민중 봉기가 '노란 조끼'란 이름으로 전국적으로 거세게 분출하기도 했다. 그 와중에 21세기 프랑스식 과두정치의 출발점이 되어버린 상징적 장소, 푸케 레스토랑이 불타는 사고도 있었다. 사르코지의 충실한 조언자로 재계와 정계 사이를 바쁘게 오가던 거간꾼이자 우파 언론인 알랭 맹크Alain Minc조차도, 이렇게 계속하다간 거대한 폭동에 직면할 거라며 수위 조절을 주문할 정도로 마크롱의 자본계급에 대한 특혜와 민중에 대한 착취는 사르코지를 능가했다. 그러나 이를 '올리가르시'로 지목하며 비난하던 언론의 합창소리는 희미해졌다.

재미있는 현상은, 한국 사회에선 마치 약속이나 한 듯, 과두정치라는 정치 형태가 현대 러시아에만 존재하는 독특한 현상인 것처럼 러시아식 발음을 동원해 표기하고 있다는 점이다.

네이버 시사상식사전은 "올리가르히는 고대 그리스의 과두 정치를 뜻하는 그리스어 '올리가르키아oligarkhia'의 러시아식 표기로, 러시아의 신흥 재벌을 가리키는 말이다"라고 적고 있으며, 나무위키는 "과두제를 뜻하는 그리스어 올리가르키아ολιγαρχα에서 유래한 러시아어 남성명사 올리가르흐олигарх의 복수형. 현대 러시아 시사용어로는 소련 붕괴 이후 러시아 및 그 외 과거 동구권 지역의 경제를 장악한 특권계층, 대체로 소련 공산당 관료 출신이나 그들의 지원을 받은 사람들로부터 거대 재벌로 성장한 사람들을 가리킨다. 올리가르히는 현대 러시아의 근원적인 기득권 계층 중 하나"라고 설명하고 있다.

마치 한국은 재계와 정치권력이 유착된 사회가 아니며 정치권은 재벌의 심부름꾼으로 전락한 사회가 아니라는 듯, 미국을 비롯한 서구권 모두가 이와 무관한 사회인 순수한 민주공화국이라는 듯 말이다.

과두정치는 한국 사회를 포함, 자유 민주주의 진영을 자처하는 거의 모든 사회의 정치 체제이기도 하다. 선출된 적 없는 권력자들이 유럽집행위를 구성해 다국적 기업들의 공격적 로비에 발맞춰 유럽인들의 권익 보호를 위한 가이드라인을 한없이 낮추고 모든 공공영역을 허물어 민영화하고 있는 현실이나, 돈 많은 개인일 뿐인 빌 게이츠Bill Gates가 각국에 방역 정책을 제시하고 백신 생산과 보급에 총대를 메는 모습*, 클라우스 슈밥Klaus Schwab이란 개인이 창립한 민간 포럼인 다보스 포럼이 '4차 산업 혁명' '그레이트 리셋Great Reset' 등을 국제적 정책 어젠다로 제시하고 각국은 이에 대한 국내 논의도 절차도 없이 이를 핵심 과제로 받아들이는 모습…. 이 모든 광경은 한 줌의 소수 집단이 투표를 통한 민주주의 체제를 무시한 채 그들끼리 소곤거리며 결정하고 실행하는, 현재 지구촌이 작동하는 모습이기도 하다.

차이점이라면 어떤 사회는 이 정치 체제를 올리가르시라 부르며 있는 그대로 직시하고, 어떤 사회는 여전히 선거를 통해 민의가 반영되고 모든 국민이 평등과 자유를 누리는 자유 민주주

* 로버트 F. 케네디 주니어Robert F. Kennedy Jr.(변호사, 2024년 미국 민주당 대선 후보)는 2021년 11월 출간한 《진짜 앤서니 파우치: 빌 게이츠, 거대 제약 회사, 그리고 인류 건강과 민주주의에 대한 세계 전쟁The Real Anthony Fauci: Bill Gates, Big Pharma, and the Global War on Democracy and Public Health》이라는 책에서 빌 게이츠에 대해 이렇게 적었다. "2000년부터 게이츠는 세계 공중 보건정책에서 엄청난 영향력을 발휘하고 있다. 그가 WHO에 제공하는 기금은 10억 달러 규모로 WHO 전체 예산의 18퍼센트에 달한다. WHO를 통제함으로써 게이츠는 글로벌 공중 보건정책을 제약 산업에 이익이 되는 약물과 백신으로 대대적으로 방향을 바꿨다. (…) 제약 회사들은 임상시험을 가난한 국가, 특히 아프리카로 이전한다. 피험자에게 참여 비용을 덜 지불하고, 윤리적 기준을 낮추며, 통제에서 쉽게 벗어날 수 있기 때문이다. 게이츠와 그 재단은 머크, 화이자 등 약품 및 백신을 생산하는 제약 회사들의 주식을 가지고 있어서, 그가 기부한 돈은 다시 돌아온다. (…) 2020년 락다운lockdown 기간 늘어난 그의 재산은 230억 달러나 됐다. (…) 게이츠는 인도에서 소아마비 백신 접종에 나섰다. 인도에서 이삼백 명 정도밖에 발생하지 않는 소아마비 질환을 예방한다고 살아 있는 바이러스가 포함된 저렴한 버전의 백신을 사용했고, 이로써 약 50만 명에 가까운 어린이의 하지가 마비되었다."

의 사회에서 살고 있다는 거대한 착각 속에서 현실을 외면하고 있다는 점일 것이다.

S'il y a un adversaire à combattre, c'est bien *l'oligarchie* financière, c'est-à-dire le 1% de la population qui détient le pouvoir réel.

우리가 맞서 싸워야 할 단 하나의 적이 있다면 그것은 바로 금융 올리가르시다. 즉, 현실 권력을 거머쥐고 있는, 인구의 1퍼센트들이다.

-스테판 에셀

Solidarité

(솔리다리테: 연대)

우리 모두는 연결되어 있으므로

신촌에 있는 한 대학을 지칭할 때가 아니라면, 투쟁의 현장에서 주로 들을 수 있는 말이 '연대'다. '동무, 동지'가 한반도 북쪽에서 애용하는 말이 되면서 암암리에 빨간 딱지를 얻었듯, 노조 활동가나 학생 운동권이 즐겨 쓰던 이 말은 소위 '불순분자'들이 명분을 내세워 정권이나 기업주를 향해 싸울 때 쓰는 그들만의 은어처럼 한국 땅에서 취급당해왔다. 10여 년 전, 나보다 프랑스에서 훨씬 더 오래 사신 저명한 지휘자를 만났을 때 연대라는 단어 앞에서 그가 지었던, 너희들의 정체를 알았다는 듯한 표정이 떠오른다. "당신들이 그러니까 미국 소고기 안 먹겠다고 촛불 들고 서 있던 그런 사람들인 거냐?"로 풀어내던 그의 '연대'에 대한 해석은 비단 그만의 편견은 아니었으리라.

연대라는 어휘를 사용하는 사람은 자동으로 운동권으로, 사회불안을 조장하는 불순분자로 취급받는 것은 각자도생의 경쟁을 신성한 금과옥조로 간주하는 사회에서 지극히 자연스러운 일이다.

그런데 대한민국 못지않은 자본주의 사회인 프랑스에서 연대, 즉 solidarité(솔리다리테)를 대하는 분위기는 사뭇 달랐다. 우선, 눈에 띄는 점은 이 단어가 양지와 음지에서 두루 맹활약하고 있다는 사실이다. 정부나 지자체가 '평등'에 방점을 두며 만들어내는 모든 정책에는 솔리다리테란 말이 들어간다. 20세기에 social(사회적)이란 단어가 대변했던 의미를 21세기 들어서면서 솔리다리테가 점진적으로 대신해갔다. 내용에선 큰 변화 없이 단어만 바꾸는 '정책적 머리 굴림'이라고 말할 수도 있겠으나, 단어가 바뀌면 단어가 뿜어내는 메시지가 달라지고, 메시지가 달라지면 그것을 수용하는 사회 성원의 마음도 달라진다. '사회적'이란 형용사가 위로부터 내려오는 지원, 시혜적 차원의 뉘앙스를 가졌다면 솔리다리테는 시민이 주체가 되어 서로의 품으로 옆 사람을 끌어안는 모양을 그리게 해준다. 결국 내용은 똑같을지라도 말이다. 해당 정책의 혜택을 받는 사람들은 연대의 시혜자가 아니라 주체가 되는 셈이다. 연대는 위에서 내려주는 혜택을 받는 게 아니라 함께하는 것이기 때문이다.

예를 들어 내가 파리에서 아이를 낳은 후, 결혼 대신 아이 아빠와 했던 팍스PACS: Pacte Civil de Solidarité, 시민연대계약에 들어가는 핵심 어휘가 바로 솔리다리테다. 시민연대계약은 동성 혹은 이성 커플이 주례나 증인, 하객 등을 동반한 결혼식 없이, 서로 작성한 계약을 제출하는 것으로 법적인 공식 커플이 될 수 있게 해주는 제도다. 이성 커플에게만 배타적으로 허락되어왔던 법적 커플의 범위를 동성 커플까지 적용하면서, 불평등을 시정하고 평등을 확대하기 위한 의도로 1999년부터 시행되었다. 이 용어에 따르면, 팍스에 서명한 사람들은 서로 끈끈하게 연대하며 살아가기로 약조한 두 사람을 의미한다. 결혼 대신 팍스를 선택한 사람들은 함께하면서도 상대적으로 독립적이며 결혼보단 덜 무거운 관계를 맺었다고 느낀다.

활동연대수입RSA: Revenu Solidarité Active은 저소득층에게 정부가 지원하는 기초생활비를 말한다. 직장을 아직 구하지 못한 청년이든, 실업 상태인데 더 이상 실업급여를 받지 못하게 된 사람이든 정상적 생활을 방해받을 만큼 소득이 적은 사람이면 누구든 신청할 수 있다. 국가가 주는 것이 아니라, 힘든 시기에 있는 이웃을 서로 돕는다는 의미를 솔리다리테가 품고 있다. 과거(1988~2009)에는 최소편입수입RMI: le Revenu Minimum d'Insertion이란 이름으로 불렸다. 이는 사회에서 낙오된 사람이 정상 궤도에 재편입할 수 있도록 도와주는 지원금이란 의미다. 다분히 시혜적이고, 다소 굴욕적인 느낌이다.

연대교통비Solidarité Transport도 마찬가지다. RSA 수급자, 실업자, 노인, 학생, 유공자, 장애인 등 다양한 이유로 지원이 필요한 사람들에게 대중교통을 무료 혹은 절반의 비용을 내고 이용할 수 있도록 해주는 시스템이다. 여기 사용된 연대란 단어는 지원받는 사람 모두에게 편하고 당당한 느낌을 전한다.

그런가 하면, 프랑스에서 가장 투쟁력이 뛰어난 좌파 노조연합의 이름에도 '연대'가 들어간다. 명사 솔리다리테의 형용사형인 solidaires(솔리데르), 즉 '연대하는 사람들'이, 7~8개의 노총이 있는 나라에서 가장 왼쪽에 있는 노총의 공식 명칭이다. 그들이 사용하는 연대의 의미는 정부가 사용하는 의미와 한 치의 오차도 없이 동일하다.

이 사회에서 왼쪽과 오른쪽에 서 있는 사람들 모두가 솔리다리테라는 단어를 즐겨 사용하는 이유는 뭘까?

같은 액수의 돈이지만 그것이 '최소편입수입'일 때와 '활동연대수입'일 때, 수혜자의 마음과 그것을 지불하는 사회의 태도는 달라진다. 연대란 단어는 사람들의 마음을 굴곡 없이 모이게 해준다. 이것이 바로 언어가 인간 사회에서 하는 역할이며 좌와 우 모두가 그 사실을 잘 이해하고 있기 때문이다.

10년 전, 이사 온 파리 외곽 동네에서, 집 근처 중학교의 학생과 학부모, 교사가 직접 물감으로 "SOLIDARITÉ"라고 쓴 대형 현수막을 들고 함께 동네를 돌던 모습을 목격했다. 당시 올랑드 정부가 서민층 자녀들이 많은 지역의 학교들에 대한 지원금의 예산 규모를 축소하면서, 그중 사정이 나은 학교들을 지원 대상에서 배제한 것이다. 마침 집 근처 중학교가 배제 대상에 올랐고, 학교는 발칵 뒤집어졌다. 교육부의 지원금은 학생들의 교외 문화 활동(공연, 영화, 콘서트 관람 등)을 활발하게 진행하게 해주고, 학습에 뒤처지는 아이들을 돕는 보조 교사를 고용하는 데 쓰여왔기에, 그 지원이 빠져나가면 교육의 질적 저하가 올 것은 뻔한 일이었다. 명백한 교육적 퇴행이었다. '긴축'의 이름으로 교원 정원을 8만 명이나 축소했던 사르코지 정부를 맹비난하고, 축소된 교원 수를 되돌려놓겠다는 약속과 함께 당선된 사회당의 올랑드 정부는 또 다른 방식으로 공교육을 파괴하고 있었다. 하지만 시민들은 정부의 부조리한 결정을 무력하게 받아들이지 않았다. 학부모와 교사들은 즉각 총회를 열고 투표를 통해 저항을 결정했다.

놀라운 것은, 그 중학교가 정부의 결정에 반대하며 한 달간 파업을 하는 동안, 인근 초등학교와 유치원까지 모두 그 파업에 동참했다는 사실이다. 말 그대로 '연대'의 이름으로.

내 아이는 이사 오기 전 다니던 학교에 계속 다니고 있어서 파업에 동참하지 못했지만, 학교가 파업하면서 집에 머물러야 하는 자녀를 둔 이웃들을 통해 투쟁의 진행 경과를 전해 듣고, 평일 낮에 학교에 가는 대신, 마당에서 놀고 있는 옆집 아이들을 보며 눈으로 현실을 확인할 수 있었다. 압도적 다수의 찬성으로 결정된 파업의 결기는 또렷했으나, 시간이 지날수록 파업의 고통이 모든 사람의 삶에 스며들었고, 마지못해 다수를 따른 사람들의 불만의 목소리가 커지기 시작했다. 아이들이 갑자기 학교에 안 가게 되면서, 직장에 나가야 하는 부모들에게는 난감한 상황이 발생했다. 부모들은 조를 짜서 서로의 아이들을 돌보기도 하고, 학교에서도 파업이 길어지자 임시 대안을 마련, 수업은 안 하는 대신 저학년 학생들만 받아 예능 활동을 하도록 도구를 나눠 주고, 옆에서 돌봐주는 소극적 방식의 아이 돌봄의 기능을 수행했다. 마을 한가운데 공원에 걸려 있던 힘차게 꿈틀거리는 글씨 "SOLIDARITÉ"에도 얼룩이 지기 시작했다. 조만간 결단이 필요한 시점이었다.

한 달이 지나는 동안, 지역 국회의원, 시장, 시의원, 도의원, 기자들이 다녀갔다. 정부는 당연히 그럴 줄 알았다는 듯, 전국 각지에서 벌어진 저항에 한 발도 물러서지 않았다. 다만 지자체가 일부 예산을 들여, 부족한 지원금을 보태기로 하면서 파업은 종결됐다. 아이들은 한 달치의 수업을 잃었고, 부모들은 아이를 맡기기 위해 이리 뛰고 저리 뛰며 고달픈 한 달을 보냈지만, 아이들은 어른들을 통해 위로부터의 부당한 결정에 어떻게 맞서는지를 배웠다. 그것은 솔리다리테가 어떻게 발화하고 작동하는지, 그리고 어떤 결과를 얻는지에 대한 산 체험이었다. 이 사회 곳곳에서 마주치는 솔리다리테는 허울만 있는 구호가 아니라, 실제로 작동하고 있었다. 구호와 실제 작동하는 가치와 행동이 하나인 것을 목격할 때, 이런 것이 여전히 현대사회에서 가능하다는 걸 확인하는 작은 감격에 휩싸인다.

많은 이들이 자유, 평등, 박애에서 다분히 종교적 색깔을 띠는 18세기식 개념 박애fraternité가 현대의 단어인 솔리다리테로 바뀌는 게 맞다고 지적한다. 혁명은 18세기에 이뤄졌고, 혁명 세력은 당시의 가치와 상식에 근거해 박애를 말했으나, 그것은 오늘의 사회에서 연대로 해석되고 발효되고 있음은 명백하다.

제국주의 시절 뿌려놓은 불화의 씨앗들과, 수많은 이민자들과 함께 다양한 문화가 서로 어우러져 살아가는 프랑스 사회에서 그나마도 이만한 평화를 지탱하는 데 가장 큰 기여를 하고 있는 가치는 솔리다리테다.

2023년 6월 말, 경찰의 총격에 사망한 17세의 알제리계 소년 나엘의 억울한 죽음에 파리 외곽에 살고 있는 이민자 청소년들이 일제히 폭력으로 저항했다. 관공서가 불타고 상점의 유리창이 깨졌으며, 무고한 시민들의 차량도 수없이 화재 속에 잿더미가 되었다. 멈추라는 지시를 무시하고 도망치는 소년을 총으로 사살한 경찰은 구속됐다. 청소년들의 폭력적 저항 또한 처음엔 죽은 소년에 대한 연대의 마음에서 비롯되었을 터다. 다시는 그런 일이 발생하지 않기를 바라며, 그동안 자신들을 잠재적 범죄자 취급해오던 경찰, 공권력에 대한 분노를 소년의 죽음을 계기로 표출했을 것이다. 그러나, 일주일 남짓 지속된 그들의 행동은 이웃을 향한 과도한 폭력적 놀이로 전락하면서, 경찰의 각성을 촉구하는 시민사회 전반의 건강한 연대를 방해하는 요소로 작용했다.

"라틴어 solidus(단단한, 견고한)에서 온 이 말은, 사람들 사이에 형성된 상호 의존을 의미한다. 이것은 자연 상태에서 작동하는 것이며, 동시에 서로의 필요에 의해 조성되기도 한다. 이는 또한 인간 사회에 상존하는 공동체의 도덕적 의무를 가리키기도 한다. (…) 연대는 모든 인간의 운명을 서로 하나로 묶는 박애적 유대이자 핵심적인 사회적 가치"라고 투피 사전La Toupie은 정의하고 있다.

사전이 정의하듯, 연대의 가치 속엔 공동체의 도덕적 의무가 자리하고 있다. 경찰서나 관공서에 자신들의 분노를 표하는 데서 멈추지 않고, 무고한 이웃들의 차량과 주택까지 연쇄적으로 불을 질렀던 청소년들의 태도는 바로 그 지점을 짓밟으며 순수한(!) 폭력으로 남았다. 연대와 분풀이를 명확히 구분 짓는 잣대다.

언제나 그러하듯, 빅토르 위고는 연대의 가치에 대해 의심하거나 오해할지 모를 현대인들을 위해 놀라운 말을 남겨두었다.

> 그 무엇도 혼자가 아니다. 모든 것은 서로 단단히 연결되어 있다. 사람은 지구와, 지구는 태양과 연결되어 있으며, 태양은 별과, 별은 성운과, 성운은 성단과, 성단은 무한과 연결되어 있다.

사회학자 에밀 뒤르켐Émile Durkheim은 솔리다리테를 "강한 집단의식을 가진 전통 사회에서 구성원의 유사성에 기초한 기계적 연대와, 노동의 분업과 개인주의를 바탕으로 형성된 현대사회에서의 상호 의존성에 기초한 유기적 연대"로 분리해서 바라보았던 반면, 19세기의 작가 위고는 모든 것을 우주적 관점에서 통합해 바라본다.

우리가 원하건 원하지 않건, 우주 만물은 서로 불가피하게 연결되어 있기에, 우리는 서로를 부축하고 존중하며 아끼고 사랑해야 하는 것이다. 너에 대한 배려가 바로 나에 대한 배려이고, 다음 세대에 대한 배려이며, 산과 나무, 들과 강물, 바다를 보존하는 마음이 바로 나와 내 자손을 보듬는 행동이 된다.

해고된 예술가들의 부탁에, 그들과 연대하는 마음으로 당신의 연대를 기대하며 찾아왔다는 말에, "불쌍한 사람들을 그렇게 도와주고 싶으면 아프리카나 가. 거기 불쌍한 사람 많아"라던 저명한 지휘자의 초라한 영혼 앞에 빅토르 위고가 밝혀준 상생의 등불을 켜주고 싶다.

Du coup
(뒤 쿠)

전염병처럼 번지는 말

21세기가 제법 흘러 새로운 세기에 익숙해져가던 어느 날, 잠에서 깨어난 프랑스인들은 두 단어로 된 하나의 부사구가 주변의 엇비슷한 모든 표현을 잠식하며 천하통일을 이뤄가고 있다는 사실을 발견했다. 혹자는, 프랑스인들이 사용하는 모든 문장의 80퍼센트가 이 표현으로 시작된다고 약간의 과장을 섞어 말하기도 했다. 문제의 표현은 바로 'du coup(뒤 쿠)'.

그래서, 그러므로, 그러고 나서, 갑자기, 불현듯, 그 결과 등 다양한 뉘앙스의 말을 하나로 통폐합해 다기능 다목적 어휘가 된 '뒤 쿠'는 유사한 단어들을 모두 제압할 뿐 아니라, 문장 서두에 들어와 실없이 자리를 차지하며 연령, 계층 구별 없이 만인의 입에 쉴 새 없이 오르내리는 국민적 말 습관이 되어버렸다.

이것은 한국말에서 '대박'이 점령하고 있는 언어 정복에 비견될 만한 사태다. 20세기 말에서 21세기 초에 폭발적으로 사용이 증가되던 이 단어는 '너무 예쁘다' '너무 잘생겼다' '너무 맛있다' '너무 잘했다' '끝내준다' '쇼킹하다' '관객이 많이 들었다' '경기가 훌륭했다' '시청률이 높다' '성공했다' '멋있다' 등의 표현을 대신하는 말로 점점 그 활용 범위를 키워가더니, 한반도 이남에 떠돌던 수십 개의 표현을 흡수 통합한 후에도 지칠 줄 모르고 세력을 넓혀가는 중이다.

'뒤 쿠'에서 두 번째 단어 쿠coup의 사전적 의미는 부딪침, 충격, 타격, 때리기 등이다. '주먹으로 한 대 치기'란 의미의 'coup de poing(주먹)'에 그 본래의 뜻이 잘 나타나 있고 'coup de foudre(벼락)'처럼 갑자기 벼락에 맞은 듯 첫눈에 반했다는 의미의 낭만적 표현에도 쓰인다. 그리고 한국 현대사에 등장하는 부지런한 양반들 덕에 우리에게도 익숙한 coup의 표현은 단연 coup d'Etat(쿠데타)가 되시겠다.

쿠데타는 정부Etat에 일격을 가한다는 의미로, 일군의 소수가 무력으로 정권을 탈취하는 행위를 말한다. 물론, 정권 탈취의 주체가 다수의 민중일 경우, 이는 쿠데타가 아니라 혁명이라 부른다. 예를 들어 1789년 바스티유 감옥 습격으로 시작된 민중들의 전제군주를 향한 권력 탈취는 혁명이라 부르지만, 1799년 나폴

이전 프랑스어	2022년 프랑스어
ainsi(그리하여)	du coup
donc(그래서)	
dés lors(그러자마자)	
tout à coup(갑자기)	
en conclusion(결국)	
C'est pourquoi(바로 그런 이유로)	
par conséquent(결과적으로)	
par suite(그러고 나서)	
subséquemment(그다음)	
désormais(그런 이후로)	
aussi(또한)	
aprés(이후)	
soudainement(갑자기)	
si je comprends bien (내가 이해한 게 맞다면)	
finalement(마침내)	

SNS에서 다양한 버전으로 널리 회자되고 있는
'뒤 쿠'의 프랑스어 표현 정복 현황 표.
왼쪽은 이전의 프랑스어, 오른쪽은 2022년 프랑스어다.
다양한 표현이 뒤 쿠 하나로
수렴되는 오늘의 난감한 현실을 비꼬아,
"불어가 점점 풍요로워지고 있다는
의심할 수 없는 증거"라며 인터넷 곳곳에서
오르내리는 중이다.

레옹Napoléon Bonaparte이 일으킨 군사적 정권 탈취는 쿠데타라고 부른다.

1차적 의미가 거친 동작이어서 과격할 수밖에 없는 단어 coup는 시민혁명이 세운 공화국을 국가 정체성으로 삼는 프랑스인들의 성정과 통하는 부분도 있는 듯하다. 문장에 coup가 들어가면, 우아함에서 살짝 비끼는 대신 거리낌 없이 편히 쓸 수 있는 대중성을 획득하며, 구체적 동작이 연상되는 역동성이 더해진다. 예를 들어, '우리 한잔할까?'는 'On va boire un coup?'다. 여기서 coup는 한 방의 주먹이 아니라 한잔의 술로 둔갑한다.

뒤 쿠가 현대 프랑스어에서 제 본령을 넘어서고 있는 현상을 포착한 기사는 2017년에 처음 보이지만, 2021년에 들어서면 이 현상을 다루지 않는 언론이 없을 만큼, 모든 사람이 느끼는 사회적 문제가 돼버렸다.

2021년 12월 13일 자 〈르몽드〉지는 '모든 대화를 침범하는 표현, 뒤 쿠'라는 제목의 기사에서 이 문제를 파헤치며 한 가지 흥미로운 분석을 제시한다. "뒤 쿠가 문장에 별 의미를 추가하지 않으면서 이렇게 곳곳에 편재할 수 있는 것은, 그것이 우리의 대화에서 나름의 봉사를 하고 있기 때문이다. 딱히 인과관계를 입증할 수 없는 문장 속에서 빈약한 인과의 고리를 과장해주는 역할을 하는 것이다."

Coup 앞에 붙여진 du는 원인, 기원을 나타내주는 전치사 de(영어의 from 혹은 of와 유사하다)에서 왔다. 그것이 무엇이든, 앞서 벌어진 하나의 사건과 그 사건의 여파로 나타나는 현상을 설명할 때 뒤 쿠는 인과관계를 잇는 연결 고리로 등장한다. 그러나, 오늘의 뒤 쿠는 "네가 왜 거기에서 나타나?"라고 물을 수밖에 없는 지점에서 번번이 출몰하는 것이다.

하나의 표현이 갑작스레 사회에 범람하고 있을 때, 그것은 대체로 그 사회의 결핍을 메워주는 역할을 한다. '대박'이 한국 사회에 퍼지기 시작한 건 IMF 외환위기로 온 사회가 존재적 불안에 휩싸여 있을 때였다. 당시 우리 사회는 하늘에서 떨어지는 구원의 동아줄처럼 오직 '대박'의 꿈에 기대어 간신히 존재를 지탱하며 일상을 이어갔다. 그런데 외환위기를 극복했다고 자임하게 된 지 20년의 세월이 흘렀지만, '대박'은 우리말 속에서 점점 더 그 입지를 공고히 넓혀가고 있다. 대박이 대체해버린 어휘들은 그것이 표현하는 다양한 가치와 감정, 정서와 함께 제거되었으며, 대박이란 한 방의 마법이 다양한 희망과 꿈을 대신하면서 우리가 느끼는 기쁨과 슬픔의 갈래 또한 그만큼 단순하게 압축되어갔다.

프랑스어의 뒤 쿠는, 어제까지 축적된 경험, 사건과 오늘 드러나는 현실의 인과관계가 번번이 어긋나는 카오스에 처한 프랑스인들이 결핍된 현실의 논리를 채우기 위해 과도하게 차용하고 있는 응급 처방으로 보인다.

예컨대 2021년 4월, 프랑스 보건부 장관 올리비에 베랑Olivier Véran은 백신을 맞은 한 팔순 노인이 국가가 맞으라는 백신을 맞았으니 통제로부터 자유로워질 수 있게 해달라고 낸 행정소송에서 이렇게 답했다. "현재 접종 중인 백신의 효과는 어차피 부분적. 변종 출현 이후 백신의 효능은 더욱 불확실해짐. 백신 접종자는 재감염되거나, 변종에 노출되었을 때 가장 쉽게 심각한 상태 혹은 사망에 이르는 그룹. 어차피 백신은 바이러스 전파를 막아주지 않음." 이러한 근거하에 그는 노인의 청을 기각하는 의견을 제출했다. 이토록 불확실성으로 가득 찬 백신을 정부는 강요했고, 이를 거부한 사람들의 이동의 자유를 제한하는 백신 패스를 도입했다. 또한, 백신을 맞지 않은 의료인, 소방수들의 자격을 정지하는 반민주적, 전체주의적 결정이 이뤄졌다. 앞뒤 논리가 전혀 맞지 않는, 근간 정부가 저지른 대표적 만행이다.

가는 곳마다 야유와 토마토 세례에 직면하던 대통령 마크롱과 지방선거에서 2퍼센트를 득표한 집권당이 다시 대권을 잡았다. 직업이 무엇이든, 젊어서 꾸준히 일하면 은퇴 후 연금을 받으며 편히 살도록 70년 전부터 설계되어 의심 없이 작동하던 노년의 삶은 격하게 싸워야만 간신히 유지할 수 있는 불안한 권리가 됐다. 지난 4~5년간 프랑스인들이 받아든 결과는 번번이 원인과 과정을 배반하고 있고, 그 혼돈 속에서 사람들은 길을 잃었다. 뒤 쿠의 범람은 더는 인과관계로 설명되지 않는 세상에서 정신 줄 잡고 버티려 애쓰는 사람들의 현실을 대변한다.

아카데미 프랑세즈(프랑스의 언어학술원)도 오늘의 현상에 대해 우려의 목소리를 낸다. "어떤 표현이 사회적 틱tic이 되면 우리는 다른 표현 대신 그것만 사용하는 경향이 있고, 이 현상은 우리의 사고를 협소화하는 위험이 있다. 눈덩이처럼 번져가는 '뒤 쿠'의 언어적 틱 현상은 마치 전염병처럼 사회에 퍼지고 있다. 제국주의가 온 세상을 장악할 때의 모습과 비슷하다. 여기에 맞서 싸우는 건 중요한 일이다." 아카데미 프랑세즈 사전 편집장 파트릭 바니에Patrick Vannier는 RTL라디오 인터뷰에서 이렇게 지적한다.

뒤 쿠의 범람이 인과관계를 배반하는 모순된 현실로 인한 것이라면, 뒤 쿠가 사라질 때 그 현실은 제자리로 돌아올까? 현실이 제자리로 돌아와야 뒤 쿠와 그것이 잠식한 언어들이 제자리로 돌아오지 않을까?

Dénoncer, Accuser

(데농세: 일러바치다), (아퀴제: 고발하다)

나는 고발한다

여행 가방을 메고 슬쩍 훑고 간 사람들에겐 포착되지 않겠으나, 1년 이상 이쪽 사람들과 부대끼며 살면 느끼게 되는 유럽 사회의 거대한 집단 트라우마가 있다. 그것은 나치에 대한 기억이다. 프랑스 사회에서 나치에 대한 기억은, 나치의 광기가 전 유럽에 퍼져 인종학살을 자행했고 프랑스는 나치의 광적인 통치하에 있었다는 피학적 경험에 그치지 않는다. 그 트라우마의 핵심은 다수의 사람이 소극적, 적극적으로 그 만행에 동조했던 공범이란 사실에 있다.

한국에서 출간된 서양의 사회과학서를 보면 상당수는 저자가 유대인이라는 사실을 책날개에 소개하고 있다. 마치 신인 여

배우를 소개하면서 어디 미인대회 출신이란 말이 곁들여지듯, 유대인이란 단어는 날 때부터 싹수가 있던 인물임을 알려주는 하나의 보증 수표처럼 작동한다. 그러나 프랑스에선 juif(유대인)란 말은 발음해서도, 글로 적어서도 안 되는 단어다. “너 유대인이니?”라는 말은 “너 한국인이니?”처럼 대화에서 가볍게 튀어나올 수 있는 말이 아니다. 누군가에게 그것을 묻는 것은 고요한 호수에 묵직한 돌 하나를 던지는 행위다. 유학 초기에 아무것도 모르고 “너 유대인이니?” 거침없이 물었을 때, 상대가 짓던 그 난해한 표정을 떠올리면 지금도 낯이 붉어진다.

‘유대인’이란 단어 속엔 유대인이어서 수용소에 끌려가거나 숨어 지내야 했던, 혹은 모든 가족이 죽고 혼자만 살아남은 자의 트라우마뿐 아니라, 이웃에 숨어 있던 유대인을 밀고한 사람, 나치 민병대와 함께 유대인을 잡으러 다닌 프랑스 경찰, 학교에서 수업받던 유대인 아이들이 경찰 손에 끌려가도록 협조한 학교 교장, 그 모습을 지켜보던 아이들의 트라우마가 뒤엉켜 있다.

그것은 희생자이거나 생존자, 밀고자이거나 방관자였던 다수의 사람이 그 후로도 오랫동안 나눠 지고 있는 무게다. 인종차별 방지법이 있음에도, 유대인에게 차별적 언행을 하는 사람들을 더욱 특별하게 다스리기 위한 반유대인차별법La loi antisémite이 따로 존재하는 유난함에서도 그 트라우마는 여지없이 드러난다. 이 동네에서 한 인간을 쓰레기로 몰아가는 전형적 패턴에는,

알고 보니 그자가 극우 인종주의자였고 마초에다가 동성애 차별주의자, 마지막으로 "유대인 차별주의자였다더라"가 4종 세트로 존재한다.

고발의 내용이 무엇이든 dénoncer(데농세: 고발하다, 신고하다)가 사람을 멈칫하게 하는 단어의 뉘앙스를 지니는 것은 바로 이런 2차 세계대전의 트라우마가 작동하기 때문이다. 반 친구의 비행을 교사에게 이르는 학생, 지하철에 무임승차한 사람을 검표원에게 고발하는 승객, 팬데믹 초기에 6인 이상 모임 금지를 어긴 사람들을 경찰에 신고하는 이웃은 결코 좋은 소리를 듣지 못한다. 데농세가 금기가 되면 지인의 남편 혹은 아내가 밖에서 바람피우는 장면을 목격했어도 배우자에게 알리지 않는 것이 상식이 된다. 지하철 무임승차자를 검표원에게 고발하는 게 아니라, 오히려 거의 모든 사람이 표 없이 개표구를 통과하려는 사람을 기꺼이 돕는다.

올랑드 대통령이 공식 파트너를 엘리제궁에 두고 밤마다 여배우를 만나러 스쿠터를 타고 나가던 장면이 한 잡지에 실렸을 때, 제일 크게 욕을 먹은 건 올랑드도, 그 대상이던 여배우 쥘리 가예Julie Gayet도 아니었다. 대통령의 사생활을 쓸데없이 대서특필하며 소란을 피운 옐로 페이퍼 〈클로저Closer〉였다.

2020년 말 프랑스 정부는 코로나19 방역 대책으로 성인 6명 이상은 모이지 말라고 했지만, 그런 정부를 비웃기라도 하듯 신문엔 이런 만평이 등장했다. "옆집에 사람들이 많이 모여 있어요"라고 전화로 이웃을 고발하는 남자를 "당신이 평소에 이웃에게 친절하게 굴었더라면 당신도 초대받았을 거 아냐!"라고 꾸짖는 경찰의 모습이다. 물론 권력자의 권력 남용이나 조직의 비행에 대한 내부 고발은 정반대의 의미를 지닌다. 데농세가 저열함의 의미를 띠는 것은 약자를 고발하는 경우에 국한된다.

아파트에 숨죽이며 살던 유대인을 고발한 아파트 수위의 행동을 지칭하는 '맞춤 명사'가 각별히 마련되어 있기도 하다. délation(델라시옹). 같은 고발이지만, 반인륜적이란 뉘앙스가 그 안에 담겨 있다. 데농세가 약자의 허물을 들출 땐 비열한 행위가 되지만, 권력의 비리나 불의를 폭로할 땐 긍정적 의미를 획득하는 반면, 델라시옹은 오직 비열한 밀고에 대해서만 전용되는 단어다. 예를 들어 레지스탕스를 나치에게 밀고하는 행위나 오갈 데 없는 난민을 경찰에 신고하는 정도가 되어야 이 단어가 사용된다. 라루스 사전에는 "멸시할 만한 부끄러운 폭로를 일컫는 말. 윤리나 도덕에 반하는 수치스러운 의도를 가지고 한 개인에 대한 정보를 제공하는 행위"라고 명시되어 있다.

거의 같은 의미를 지니지만, 고자질의 의미로는 결코 사용되지 않는 단어가 있으니 그것은 accuser(아퀴제)다.

아퀴제는 주먹을 쭉 뻗어 비겁자의 정면을 타격하는 적극적 행위의 동사다. 작가 에밀 졸라Émile Zola가 1898년, 유대인이라는 이유로 억울하게 간첩 누명을 쓰고 유배된 드레퓌스Alfred Dreyfus 대위에 대한 재심을 요구하며 쓴 저명한 격문 'J'accuse(나는 고발한다)'에서 사용한 동사가 바로 그것이다. 졸라의 격문으로, 프랑스 사회는 사회 정의와 진실 규명을 위해 재심을 요구하던 진보 진영의 지식인들과 군의 명예와 국익을 내세우며 판결 번복 불가를 주장한 군과 가톨릭교회, 보수 진영으로 나뉘어 격렬하게 갈등했다. 1904년 재심이 청구되었고, 1906년 드레퓌스의 무고가 입증되며 사건은 종결된다. 군과 사법부의 권위는 추락하고, 진실 규명을 외면하고 반유대주의 선동에 앞장서며 분열을 책동했던 가톨릭교회의 위상은 땅에 떨어졌다. 1905년에 정교분리 원칙이 헌법에 수록되는 데는 드레퓌스사건으로 폭로된 교회의 민낯이 크게 작용했다. 반면 거센 반발과 억압에도 불구하고 펜 하나로 국가 폭력을 폭로하며 개인의 권리를 결연히 지켜낸 에밀 졸라와 지식인 사회는 프랑스 사회의 존경과 신뢰를 획득한다. 졸라 자신은 이 격문을 통해 군사법원을 중상 모략했다는 죄명으로 징역 1년을 선고받는 등 고초를 겪었지만, 프랑스 사회가 반유대주의의 망령과 정의를 외면하는 타락한 교회 권력으로부터 벗어나게 하는 큰 폭의 진보를 견인한, 그의 공로를

Cinq Centimes

Directeur ERNEST VAUGHAN

L'AURORE

Littéraire, Artistique, Sociale

Directeur ERNEST VAUGHAN

J'Accuse...!

LETTRE AU PRÉSIDENT DE LA RÉPUBLIQUE

Par ÉMILE ZOLA

LETTRE

A M. FÉLIX FAURE

Président de la République

Monsieur le Président,

일명 '드레퓌스사건'의 포문을 연 에밀 졸라의 격문이 실린 1898년 1월 13일 자 <로로르L'Aurore> 신문 1면

후세는 기억한다.

데농세가 커튼을 들춰 올리는 행위라면, 델라시옹은 커튼 뒤에 누가 있는지를 소곤소곤 전하는 행위이고, 아퀴제는 뾰족한 창끝으로 진실을 가리는 커튼을 거칠게 찢어발기며 거짓을 정면으로 타격하는 행위다. 에밀 졸라가 대통령에게 쓴 편지를 "J'Accuse…!"라는 제목으로 뽑아 1면에 실은 언론 〈로로르〉의 패기와 작가 졸라의 지식인으로서 명징한 태도는 아퀴제를 펜촉과 창살의 날카로운 힘이 더해진 강력한 금속성의 어휘로 역사에 각인시켰다.

***J'accuse* le général Billot d'avoir eu entre les mains**
les preuves certaines de l'innocence de Dreyfus
et de les avoir étouffées, de s'être rendu coupable de ce
crime de lèse-humanité et de lèse-justice,
dans un but politique et pour sauver l'état-major compromis.

저는 비요 장군을 고발합니다. 드레퓌스 무죄와 관련한 명백한 증거를 쥐고도
그것을 묵살했고, 정치적 목적과 타락한 참모부의 명예를 구하기 위해
인본주의와 정의에 반한 죄를 저지른 그를 고발합니다.

-에밀 졸라

Austérité

(오스테리테: 긴축)

저항을 잠재우는 최면의 기술

2012년 재선을 위해 다시 출마 선언을 하던 사르코지의 모습을 기억한다.

"국민 여러분 지난 5년간 몹시 힘드셨지요. 잘 알고 있습니다. 저도 몹시 힘들었습니다."

그는 어울리지 않는 저음으로 마치 눈물이라도 떨굴 듯 분위기를 잡았다. 부자들이 금융 투기로 탕진해 날린 돈을 서민들 주머니에서 빼앗아 채우던 그가, 서민들을 향해 당신들의 고통을 잘 이해한다는 듯 악어의 눈물을 흘리는 모습이었다. 5년간 연마한 연기 솜씨였지만 더는 프랑스인들을 속일 수 없었다.

사르코지의 5년은 다음 대선에서 사회당 후보로 누가 나오든 그의 필패를 예측할 수 있게 만들었다. (그리하여 정권을 빼앗아 온 사회당의 프랑수아 올랑드는 처음 6개월 정도 사회당 색깔을 잠시 내다가, 사르코지를 이어 지배계급의 이해를 위해 최선을 다했다.) "더 많이 일하고, 더 많이 벌자"던 사르코지의 5년은, 더 많이 일해도 계속 덜 벌게 되는 고통스러운 5년으로 압축된다. 사르코지가 문을 연 과두정치의 시대가 가장 좋아하는 단어는 austérité(오스테리테: 긴축)였다.

정권 초, 사르코지 패거리를 향해 제법 날카로운 예봉을 겨누던 언론들은 즉시 정권의 시녀로 돌아서며, 서민들의 삶에 부과되는 고통이 우리가 응당 감내해야 할 시대적 숙명이라도 되듯 1면에 지속적으로 '오스테리테'라는 단어로 도배해갔다. '모든 시민은 정부가 주도하는 긴축 재정의 시대에 동참해야만 합니다.' 모든 언론과 방송이 비를 뿌려대는 구름처럼 이 메시지를 세상에 뿌려대고 있었다.

제도와 금권으로 언론을 장악한 권력이 최면을 통해 저항을 잠재우는, 탁월한 통치 기술이었다. 방송과 언론의 이러한 행태는 자본가들의 금융 투기로 발생한 사태를 마치 불가역적인 천재지변이라도 되는 듯 둔갑시키며 시민들의 저항 의지를 무장해제하는 역할을 수행했다.

한국 정부가 IMF 외환위기 극복을 위해 '고통 분담'을 호소하던 것과 비슷한 맥락이다. '고통 분담'이 국민들의 온정에 호소하는 감정적 어휘라면, '긴축'은 국가 재정을 건전하고 알뜰하게 사용하고자 한다는 논리를 담아 이성에 호소한다. 그러나 결과는 비슷했다.

한국 정부가 말한 고통 분담이 서민들만의 눈물겨운 희생이었을 뿐이듯, 사르코지가 말한 '긴축'은 복지의 축소이자 공공영역의 민영화일 뿐이었다. 한국의 서민들이 금 모으기를 하며 나라의 빈 곳간을 채우는 동안 고위 관료와 재벌들이 제 주머니를 채우고 국책은행을 외국의 사모펀드에 헐값에 넘겼던 것처럼, 사르코지를 바람잡이로 세우는 데 성공한 패거리들은 '긴축'이라는 슬로건을 걸어놓고 게걸스럽게 제 주머니를 채워갔다. 그 시절 문 닫은 공공병원과 학교, 줄어든 학급 수, 각종 수당, 지원금은 다시 돌아오지 않았다.

10년 뒤, 사르코지의 버전 2.0에 해당하는 마크롱에 이르러, 긴축은 "풍요의 종말fin de l'abondance"이라는 어휘로 진화한다. 국민들이 이번 겨울을 춥고 배고프게 지내도 군소리 말고 견뎌야 할 이유를 그들은 언제나 가지고 있었고, 미디어는 그것을 10배로 포장할 준비가 되어 있었다.

오스테리테는 라틴어 austértas에서 온 말로, 원래 뜻은 떫은 맛, 가혹함, 매서움 등을 의미한다. 오늘에 와서 이 단어는, 정부

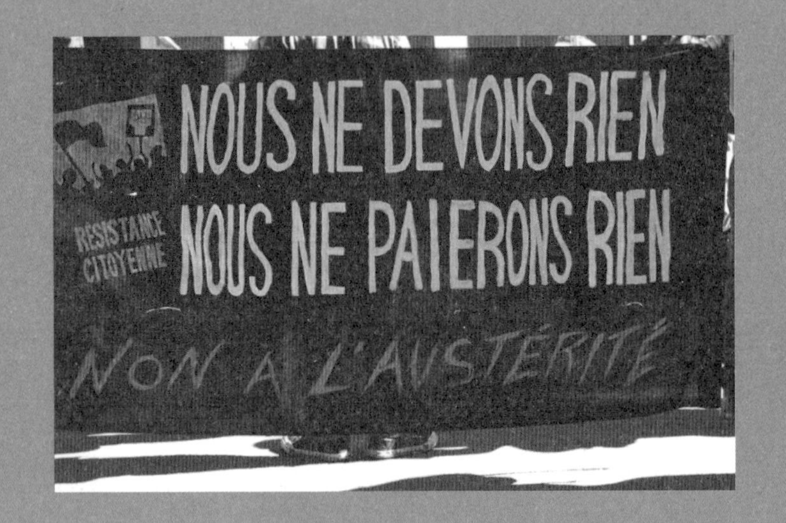

"우리에겐 아무 책임도 없다.
우리는 아무것도 지불하지 않겠다. 긴축 반대!"
시민들이 금융위기로 인한 책임을 전가하려는
정부를 향해 반대 시위를 벌이고 있다.

가 복지와 공공서비스 분야의 정부 예산을 대폭 축소할 때 '긴축'이라는 점잖은 가면의 어휘로 주로 쓰이고 있다. 이 말의 어원은 긴축이라는 말로 취하는 정부의 행위가 다수의 국민에게 무엇을 의미하는지를 신랄하게 폭로하고 있다.

Macron annonce son projet de société pour 2022: *Austérité, Austérité, Austérité!* Alors que les milliardaires et le CAC 40 se gavent sur la crise, la facture sera lourde pour les plus pauvres.

마크롱이 2022년 사회 계획을 발표했다. 긴축, 긴축, 긴축!
억만장자들과 40대 기업들은 위기 속에서 배를 불리고 있고,
빈자들을 향한 청구서는 더욱 무거워질 것이다.

-마농 오브리 Manon Aubry**(유럽의회 의원, 마크롱의 부자들을 위한 정치를 비난하며 2021년 4월 자신의 트위터에 올린 글)**

Le doute
(르 두트: 의심)

모든 권위주의에 대적할 첫 번째 도구

프랑스어 doute(두트)가 우리말 '의심' '의혹'과는 조금 다른 옷을 입고 있다는 사실을 알아내는 데는 그리 오랜 시간이 걸리지 않았다. 빈티지 가게에서 찾아낸, 오래됐지만 여전히 동시대적 감각과 대찬 성깔을 지닌 옷이랄까. 깃을 세운 셔츠와 단정한 슈트를 입고 책을 읽다가 간간이 안경 너머로 타인을 응시하는 신사의 눈에서, 카페 테라스에 하늘거리는 블라우스를 입고 마주 앉아 대화를 나누고 있는 두 여인의 잔잔한 시선 속에도 나란히 담겨 있는 건 '의심'과 '호기심'이다.

"의심은 정신의 소금"이라고 말한 철학자 알랭Alain의 문장을 접했을 때, 이 조금 다른 옷의 정체는 좀 더 분명해졌다. 거기엔 바닷물을 썩지 않게 해주는 3.5퍼센트의 염도 같은, 쌉싸름한 맛

이 깃들어 있었다.

두트에 깃들어 있는 이 범상치 않은 아우라의 기원은 17세기로 거슬러 올라간다. 데카르트는 신이 지배하던 암흑의 중세로부터 빠져나와 르네상스가 펌프질해준 자극과 충격 속에서 근대로 나아가던 사람들에게 '의심'이라는 실천적 도구를 제시했다.

"당신이 알고 있는 가장 확실한 사실을 의심하라!"

그 시대 사람들에게 가장 확고한 진실은 무엇이었을까? 중세의 세계관이 무너지고 근대라는 새 시대는 아직 오지 않았던 과도기였으나, 신의 권위는 굳건했다. 당시 사람들에게 가장 단단한 진리는 신이 세상을 창조했다는 사실이며, 가장 존엄한 목소리는 신을 대변하는 교회의 말이었다. 모든 초월적 가치에 비판적 거리를 둘 것을 요구하며 인간 중심의 새로운 진리의 목록을 채워나가고자 데카르트는 인식의 혁명을 주도한다. '의심'이라는 한 마디 주문어로.

하여 박제된 절대 진리, 그것이 구성하는 절대 권력으로부터 자유로워지기 위한 여정의 출발점에 '의심'이 있었다. 제 머리로 사고하고 판단하는 합리적 근대 시민이 되기 위한 패스포트는 당연해 보이는 모든 사실에 대해 의심할 줄 아는 소금기 어린 정신에서 비롯한다.

현대사회의 교회는 미디어다. 그들은 현대의 종교인 자본의 말을 대변하며 진실과 거짓, 선동과 회유, 협박과 위안을 뒤섞어 전달하면서 현대인들을 지배한다. 과거에 교회의 권위를 거스르고 신의 말씀을 의심하는 자를 '이단'이라 불렀다면, 지금은 주류 언론이 알려주는 일방적 진리를 거스르는 사람을 '음모론자'로 몰아간다. 모든 것을 의심하고 또 의심해 모든 절대적 가치에 거리를 두라고 설파했던 데카르트가 오늘 살아 있었다면, 그는 음모론자 넘버원으로 낙인찍혔거나, 자본의 첫 번째 매수 대상이 되었을 터다. 오죽하면, 촘스키Noam Chomsky가 음모론에 대해 이런 정의를 내렸을까!

> 음모론이란 이제 지적인 욕설이 되었다. 음모론은 누군가 세상의 일을 좀 자세히 알려 할 때 그걸 방해하고자 하는 사람이 들이대는 논리다.

데카르트의 영향력은 당대를 넘어 이후로도 오랫동안 힘을 발휘한다. 오늘날, 프랑스에서 합리적 이상의 담지자를 뜻하는 말은 카르테지앵(Cartésien, 데카르트 철학의 신봉자)이다.

생물학 박사학위를 마치고, 생명공학 연구소에서 RNA를 연구하는 한 지인이 이런 얘기를 들려줬다.

"학부 때 생물학을 공부하는 나를 포함해서 모두 완벽한 카르테지앵들이었어. 그런데 박사를 하고, 포스트 박사 과정을 밟고, 연구자가 되어 연구소에서 일하는 지금, 나를 포함한 거의 모두가 불가지론자들이 되었지. 과학으로 모든 것을 설명할 수 있고, 설명되지 않는 현실은 존재하지 않는다고 믿었지만, 그것은 오직 오늘까지 알려진 제한적 사실일 뿐임이 명백해졌어. 더 많이 알아갈수록 우린 거의 모든 것을 알지 못한다는 사실만을 명확히 알게 되었지."

데카르트의 주문이 가진 약발은 21세기에 이르러 마침내 한계에 다다른 것일까?

초월적 권위의 표상이 종교였던 시절, 의심의 주된 과녁은 종교적 권위가 이룬 세계를 향해 있었다면, 데카르트 사고가 축적되어 세워진 근대 이후의 세상에선 과학이(정확히 말하자면, 과학 위에 군림하는 자본이) 종교를 압도하는 권력을 갖는다. 과학적 의도, 과학적 결과물에 자본의 개입을 막을 방도는 없다. 과학의 이름으로 행해지는 새로운 질서에 의심을 품지 않고, 과학이 모든 걸 설명해줄 수 없다는 사실을 인정하지 못한다면, 그것이야말로 데카르트의 후예가 되길 포기하는 일일 것이다. 오늘의 과학이 무엇을 할 수 있는지, 과학이 이룬 것이 무엇인지에 대해 의심하는 태도를 갖는 것은 데카르트의 주문이 여전히 왕성하게 효과를 발휘하고 있다는 의미일 것이다.

프랑스인들에게 과학을 친근하게 설명해주는 천체물리학자이자 과학 저술가 위베르 리브스Hubert Reevs는 이런 말을 했다.

> Devenir adulte, c'est apprendre à vivre dans le doute et à développer, au travers des expériences, sa propre philosophie, sa propre morale. Éviter le《prêt-à-penser》.
> 어른이 된다는 것은 의심을 품고 살아가며 경험을 통해 자신만의 철학과 윤리를 키워가는 법을 익히는 것이다. '대세를 따르는 것'을 피하라.

그에게 의심을 품고 살아간다는 것은 자신의 사고 체계를 스스로 만들어가는 어른이 되기 위한 기본 소양에 해당한다. 무작정 누군가를 믿고 따르거나, 별생각 없이 대세를 따르는 것은 이성의 힘과 경험이 주는 지혜를 포기하는 행위로, 경계할 것을 주문한다.

하지만 모든 프랑스인에게 두트가 긍정적인 어휘는 아니었다. 유럽을 넘어 세계를 정복하고 싶어했던 황제 나폴레옹에게 "의심은 위대한 계획을 방해하는 적"이었을 뿐이다. 혁명이 세운 공화국을 왕정으로 복고시키며 과대망상적 지배욕에 많은 피를 희생시킨 정복자였던 그에 대한 후세의 평가는 냉담한 편이다. 파리에는 나폴레옹의 성姓을 딴 보나파르트 거리가 하나 있을 뿐, 그의 이름이 붙은 지하철역도, 학교도, 도서관 하나도 찾아볼 수 없는 것이 이를 입증한다.

반면 예술가들에게 두트는 가까운 친구다.

Créer c'est douter, douter c'est créer.

창조하는 것은 의심하는 것, 의심하는 것은 창조하는 것이다.

프랑스의 저명한 예술가 벤Ben Vautier의 현대미술의 심장을 관통하는 이 말은 데카르트의 철학과 맞닿아 있다. 창조는 기존의 질서에 도전하는 것에서 시작되고, 당연한 듯 존재해온 질서를 무너뜨리거나 재조합하는 것으로 완성된다. 예술가는 끊임없이 새로운 세계를 짓는 사람이다. 창작의 이름으로 세상에 새로운 질서를 부여하는 사명을 지닌 그들에게도, '의심하기'는 첫째 공정에 요구되는 행위다.

두트라는 평범한 단어가 기묘한 매력을 뿜어내며 철학자들과 예술가들의 헌사를 받는 이유는 세상의 모든 권위주의에 대적할 첫 번째 도구가 그 속에 담겨 있기 때문이다.

루아르 지방에는 '의심 재단Fondation du Doute'이라는
호기심을 자극하는 공간이 있다.
벤의 제안으로 블루아Blois 시가 박물관과 예술학교를 겸해
1995년에 문을 열었다. 이곳에선 백남준, 조셉 보이스Joseph Beuys, 존 케이지John Cage, 오노 요코小野洋子 같은
플럭서스Fluxus 운동* 계열의 예술가들 작품을 만날 수 있다.
블루아 시의 소개에 따르면, 의심재단은
"무의미함의 의미, 일상의 디테일, 모든 것의 가능성,
이벤트, 이론, 선언, 행동의 '공존'을 구현해내는
현대미술의 또 다른 성지다."

* 60년대 초부터 70년대에 걸쳐, '삶과 예술의 조화'를 기치로 내걸고 일어난 국제적인 전위예술 운동을 일컫는다.

Sorcière

(소르시에르: 마녀)

마녀들은 왜 화형당했을까

2002년 한일 월드컵이 절정을 향해 치닫을 무렵, sorcière(소르시에르: 마녀)라는 운명적 단어와 처음 만났다. 나는 훗날 한 지붕 아래 살게 될 남자와 17세기의 석조 건물에 자리한 그의 작업실에서 긴 대화를 나누고 있었다. 언제나처럼 이 세기에서 저 세기로 겅중겅중 넘나들며 유럽의 뒷골목으로 나를 끌고 다니던 그는 뜬금없이 소르시에르 이야기로 접어들었다.

"마녀사냥에 희생되었던 여성들은, 당연히 마법과 아무 상관없는 사람들이었지. 대다수는 사람들을 살리는 치유사였어. 약초의 쓰임새를 잘 알아 마을 사람들을 고쳐주거나 마을에 아이가 태어나면 아이를 받아주고 산모를 돌보는 산파이기도 했고. 그런데 지식과 권력을 독점하던 교회가 생명을 돌보고 살려내는 그들을 가만두지 않은 거야. 그네들이 가진 지식이 자신들의 권위에 위협이 될 수 있으니까."

마녀에 대한 그의 이야기는 순식간에 내 안에서 고요한, 그러나 또렷한 파문을 만들어냈다. 마치 "네가 어디서 왔는지 알아. 하지만 두려워하지 마. 난 그것이 억울한 죽음이었단 사실을 잘 알고 있으니"라고 말하는 것처럼 들렸다. 짓지 않은 도둑질을 용서받은 사람처럼, 사람을 치유한 적 없는 나는 그런 이유로 화형당한 이들의 억울한 진실을 헤아리는 말에 위로받다가 마녀의 정체성에 빙의하기에 이른다.

이후 소르시에르에 대한 이야기를 들으면 비밀스러운 전생을 들킨 사람처럼 귀가 쫑긋 서고, 가슴이 콩닥거렸다. 이듬해인 2003년에 교황 요한 바오로 2세Johannes Paul II는 15~17세기에 유럽 전역에서 적어도 6만여 명의 여성을 참혹하게 희생시킨 마녀 화형식에 대해 교회의 잘못을 인정하는 성명서를 발표했다. 내 앞에 앉아 있던 한 남자의 개인적 이해를 넘어, 범행을 주도한 가톨릭교회가 자신들의 잘못을 세상에 공개적으로 고한 것이다.

프랑스의 페미니스트 프랑수아즈 도본Françoise d'Eaubonne의 저서 《마녀 성학살Le sexocide des sorcières》에 따르면, 교황의 뒤늦은 참회는 1998년 11월, 페미니스트들이 교황에게 가톨릭교회가 행한 여성 대학살의 잘못을 인정할 것을 요구하며 제출한 공개 탄원서의 결과였다.

그러나, 교회는 그들이 자행한 학살을 공개 사과한 후 무엇을 진정으로 반성했고, 무엇을 약속할 수 있었을까? 여전히 가톨릭 교회에서 모든 권력은 남성들에게 있고 여성들에겐 고위 성직에 다가갈 수 있는 권리가 원천적으로 배제된 폐쇄적 구조다. 이런 구조 속에서 권력에서 철저히 배제된 절반의 성을 향해 권력자들이 벌인 광기의 재발은 막을 수 있는 것일까?

프랑스어에서 sorcière는 sorcier의 여성형 명사다. Sorcier는 라틴어 sortiarius에서 온 말로, 운명, 저주, 저주를 보내는 마법사의 뜻을 지닌다. 세상에 마법을 부리는 여자가 있었다면 그에 못지않게 마법을 부리는 남자도 있었을 것이다. 허나 마법을 부린다는 이유로 화형당한 절대다수는 '여성'이었다. '마법'은 단지 공손히 복종하지 않는 여성을 불살라 여성들의 지혜와 용기를 근본부터 밟아버리고자 했던 교회 권력의 만용이 만들어낸 변명이었을 뿐이다.

설혹, 일부 여성들이 마법이라 부를 만한 특별한 능력을 가졌다 해도 왜 그 자체로 죽어야 하는 죄가 될까? 교회가 그네들의 마법을 자신들을 향한 위협으로 느끼지 않는다면 설명될 수 없는 일이다. 세상을 온전히 지배하기 위해 자신들의 통제력을 벗어나는, 인간의 생명을 구하는 지혜를 가진 이들을 마녀라 일컬으며 독점적 지배력을 유지하려는 견제되지 않은 욕망이 그들에게 집단적 광기와 범죄를 허락했다.

그렇다면 절대 권력에 기반한 지배계급의 파괴적 욕망으로부터 우린 이제 안전한 것일까? 지난 세월 종교의 손아귀에 있던 절대 권력은 이제 현대의 종교인 자본에 넘어갔다. 그리고 비슷한 현상은 21세기에도 반복되고 있다.

코로나19 팬데믹이 선포되었을 때, 지구촌 곳곳에서 각국의 의사들이 여러 가지 효과적 대안을 내기도 했다. 프랑스의 독립과학위원회는 효과가 입증된 다양한 대안적 예방, 치료제들을 기자회견을 통해 국민들에게 공개했다.* 그러나, 주류 언론과 국

* 마크롱 정부가 코로나19 팬데믹에 대응하기 위해 설립한 '과학위원회'는 제약 회사와의 이해 충돌로 넘치는 과학자와 의사가 중심이 된, 국민 건강보다 제약 회사의 이득을 먼저 고려하는 부패한 집단이었다. 이들의 이해 충돌 정황은 2020년에 출간된 베스트셀러, 크리스티앙 페론 교수의 저서 《그들이 저지르지 않은 실수는 무엇인가Y a-t-il une erreur qu'ILS n'ont pas commise?》에 상세히 폭로되었다. 2021년 1월 정부의 모순된 방역 독재에 맞서, 국민에게 올바른 예방과 치료법을 전파하기 위해 결성된 '독립과학위원회'는 실험용 mRNA 백신의 위험성을 폭로하며, 이미 입증된 효과적이고 안전한 대안을 제시했다. 정부는 이들이 제시한 대안 중, 하이드록시클로로퀸(프랑스에서 1955년부터 처방전 없이 살 수 있던 약)을 갑자기 처방전이 필요한 약으로 바꿔 유통을 방해하고 이버멕틴의 판매 또한 통제했다. 주류 언론은 독립과학위원회의 처방을 적극적으로 전파하지 않았으나, 지난 2년간 독립과학위원회가 제시한 코비드 예방 프로토콜의 비타민C, 비타민D3, 아연, 특히 에센셜 오일 라빈트사라 등의 판매가 급증했다. 프랑스인들은 정부와 주류 언론의 방해에도 이 양심적 의사들의 조언에 귀 기울였던 것이다.

제 보건 당국은 백신이 나오기 전부터 백신만이 유일한 구원이라는 듯, 한 입으로 '백신천국 불신지옥'의 복음을 전파했고 불과 몇 개월 만에 나온 실험용 약물을 백신이라 부르며 온 인류에게 강제했다. 다른 모든 치료제에 대해서는 무시를 넘어 금지하고, 심지어 그 약들(하이드록시클로로퀸, 이버멕틴 등)을 처방하는 의사들을 범죄시하는 극단적 태도를 취했다. 현대판 마녀사냥의 재현이었다.

다행히, 방역 파시즘에 모든 과학자가 굴복한 것은 아니었다. 과학적 진실을 밝히려는 부단한 노력들이 이어졌다. 하버드와 존스홉킨스대학 연구자들이 2022년 9월 '사이언스 리서치 네트워크'에 발표한 연구*는 30세 이하 연령층에서 코로나19 백신의 위험성이 코로나19 바이러스의 위험성보다 98배나 클 수 있다는 사실을 입증하고 있다. 그 밖에도, 백신 접종자들의 면역기능이, 백신을 맞지 않은 사람들에 비해 현저히 저하된 것을 입증하는 연구들**, 전례 없는 수준의 부작용들이 쏟아져 나왔다. 2023년 5월에야 프랑스 의회는 코로나19 백신 접종을 거부해 정직당했던 의료인들에 대한 복직을 결의했다. 무려 600여 일간의 부당한 형벌에서 그들은 풀려났지만, 이 불의한 조치에 대한 법적인 판결은 이뤄진 바 없다.

* https://papers.ssrn.com/sol3/papers.cfm?abstract_id=4206070 참고.

** https://virologyj.biomedcentral.com/articles/10.1186/s12985-022-01831-0 참고.

2022년 7월, 마크롱 정부의 의도에 반하는 의회가 코로나 과학위원회를 해산시켰다. 팬데믹 기간 동안 마크롱 정부하에서 절대 권력을 행사하던 이 과학위원회의 위원장 장프랑수아 델프레시Jean-Francois Delfraissy는 해산 직후 가진 기자회견에서 이렇게 밝혔다. "먼저, 백신에 대한 권력은 제약 회사들이 쥐고 있다는 사실을 아실 필요가 있다. 코로나19에 어떤 종류의 백신을 사용할 것인가를 결정한 곳은 WHO가 아니라 바로 그들이었다. (…) 가장 후회스러운 부분은 보건 위기 관리의 과정에서 민주주의가 제거되었다는 점이다. 정부가 시민사회와의 대화를 거부했다." 과학위원회가 정치권력에 의해 도구화되었냐는 기자의 질문에 그는 "물론이다sûrement"라고 답했다.* 과학의 이름을 걸고, 정치와 자본에 굴복해 시녀 노릇을 했던 자의 마지막 고해성사였다. 그러나 그뿐이었다. 이런 자백 뒤에도, 주류 언론에 의해 사회적 린치를 당했던 의료인, 과학자들의 명예는 회복되지 않았고, 정부는 그들이 저지른 과오에 대해 그 어떤 변명도 내놓지 않았으며, 어떻게 이런 폭거가 자행될 수 있었는지에 대한 진실 규명도 이뤄진 바 없다.

마녀로 고발당하지 않았다 해도 마녀사냥의 결과는 모든

* https://www.lejdd.fr/societe/covid-19-avant-de-tirer-sa-reverence-le-conseil-scientifique-assume-sa-possible-instrumentalisation-politique-126028 참고.

> 여성에게 큰 타격을 입혔다. 공개 처형의 연출은 집단의 규율과 공포심을 심어주는 강력한 수단이었고 (…) 여성은 어찌 됐든 자신이 악을 구현하는 존재임을 진지하게 받아들이고 자신이 기본적으로 악랄하며 유죄라 믿어야 했다.

〈르몽드 디플로마티크〉의 기자 모나 숄레Mona Cholet는 자신의 저서 《마녀》에서 마녀사냥이 끼친 사회적, 역사적 영향을 이렇게 서술한다.

유럽에서 기독교는 마녀사냥을 통해, 동아시아에서 유교는 삼종지도와 칠거지악을 통해, 각자의 방법으로 여성을 본질적인 죄인으로 만들며 억압해왔다. 집안이 망하면 여자가 잘못 들어왔기 때문이고, 마을에 전염병이 돌면 마녀가 우물에 독을 탔기 때문이며, 남자가 아프면 여자를 잘못 만난 탓이라 여겨지는 세월을 소위 문명한 모든 사회가 겪어왔다.

그 흉흉한 시절을 넘어 교황이 교회의 죄를 고하게 된 오늘날은 어떠한가? 마녀들은 어디에서 무엇을 하고 있을까? 생명의 공존과 자유를 향한 근원적 지혜와 의지를 품은 이들, 공인된 권력의 억압 속에서도 온몸에 축적된 경험과 에너지를 가지고 생명을 지키고자 싸우는 이들이 오늘의 마녀다. 소성리에 박힌 사드를 뽑아내기 위해 싸우는 할머니들, 제주 비자림로의 나무들을 몸으로 지켜내는 언니들, 히잡을 거부하는 이란 여성들, 막강 권력을 지닌 상사의 성범죄를 고발한 김지은들이 오늘의 마녀다.

그리고 정치와 결탁한 거대 제약 회사와 그들의 하수인인 주류 언론에 굴하지 않고, 의료 파시즘이 저지른 과오와 과학적 진실을 끝까지 밝히며, 부작용 없는 방법으로 사람들을 치유하고자 애쓴 의료인들과 과학자들이 오늘의 마녀다.

오늘도 마녀가 존재하듯이 마녀사냥도 그러하다. 그것은 생명과 자유를 향해 넓게 팔을 뻗어 공존을 지향하는 사람들과 저 높은 곳에 서서 모두를 발아래 두고 억압하고 통제하며 복종으로 다스리려는 사람들 사이에서 벌어지는 전쟁이다. 작가 장 뒤투르Jean Dutourd는 "우린 더 이상 마녀들을 화형시키지도, 책들을 불사르지도 않지만, 여전히 새로운 생각들을 불태워버린다"라고 말한 바 있다. 권력을 잡은 지 1년이 조금 넘은 현 대한민국 정부는 독서 증진 관련 문화 예산을 삭감하고, 독서 증진 정부 정책 자체를 폐지해버리며 적극적, 노골적으로 국민들의 책 읽기를 방해하는 놀라운 정치집단이다. 이들은 새로운 생각들을 불태워버릴 뿐 아니라, 제 머리로 생각하는 사람들, 그 생각을 유포하는 사람들을 적으로 돌리고 있다. 일찍이 우리가 본 적 없는 정치집단이다. 이러한 행위가 드러내는 것은 깨어 있는 시민들에 대한 그들의 두려움이다.

분명한 한 가지 사실은, 그들에 의해 마녀로 지목되고, 스스로 기꺼이 마녀임을 자각하는 사람들이 늘어나고 있다는 점이다. 그래서 이 싸움은 갈수록 흥미진진해진다. '마녀'를 둘러싼 현대의 현상을 잘 보여주는 《마녀》의 첫 장은 이런 말로 시작된다.

> 여러분이 굳이 WITCHWomen's International Terrorist Conspiracy from Hell, 지옥으로부터 온 국제여성테러음모단*에 가입하실 필요는 없습니다. 당신이 여성이고, 감히 당신의 내면을 들여다보고 있다면, 당신은 이미 마녀이니까요.

작금의 상황에 따르면 한 줄을 덧붙일 수 있겠다.

당신이 당신의 머리로 생각하고, 당신의 내면을 들여다본다면, 심지어 그것을 세상에 전파한다면, 당신은 이미 마녀이니까요.

* 1968년 10월 뉴욕시에 설립된 페미니스트 그룹이다. 창립자들은 뉴욕급진여성 그룹의 구성원이었던 사회주의 페미니스트들이었다. 그들은 페미니스트 여성이 '가부장제'에만 반대하는 캠페인을 벌이기보다, 미국에서 더 넓은 사회 변화를 가져오기 위해 다양한 좌파 대의와 동맹을 맺을 것을 주장했다. 이들은 자신들의 정치적 메시지를 전하기 위해 마녀를 주제로 한 '재치 있고 화려하며 연극적인 방식'을 택해 주목을 받곤 했다.

파리에서 만난 말들

초판 1쇄 인쇄 2023년 9월 15일
초판 1쇄 발행 2023년 9월 20일

지은이 | 목수정

발행인 | 박재호
주간 | 김선경
편집팀 | 강혜진, 이복규, 허지희
마케팅팀 | 김용범
총무팀 | 김명숙

디자인 | room 501
표지 사진 | 황채영
교정교열 | 문혜영
종이 | 세종페이퍼
인쇄 · 제본 | 한영문화사

발행처 | 생각정원
출판신고 | 제25100-2011-000320호
주소 | 서울시 마포구 양화로 156(동교동) LG팰리스 814호
전화 | 02-334-7932 **팩스** | 02-334-7933
전자우편 | 3347932@gmail.com

ISBN 979-11-91360-82-0(03810)